DIAS CONTADOS

DIAS CONTADOS

AUTOR: José Mattos
EDITOR: Marco Pace
REVISÃO: Marco Rigobelli
DIAGRAMAÇÃO: ALMEDINA
DESIGN DE CAPA: Roberta Bassanetto
ISBN: 9786587017068

Dados Internacionais de Catalogação na Publicação (CIP)
(Câmara Brasileira do Livro, SP, Brasil)

Mattos, José Carlos Meira
Dias contados / José Carlos Meira Mattos. --
São Paulo : Almedina, 2020.

ISBN 978-65-87017-06-8

1. Ficção brasileira I. Título.

20-40242 CDD-B869.3

Índices para catálogo sistemático:

1. Ficção : Literatura brasileira B869.3

Cibele Maria Dias - Bibliotecária - CRB-8/9427

Imagem de capa: Warm Sunset on Ipanema Beach, Rio de Janeiro, Brazil
Por Donatas Dabravolskas

Este livro segue as regras do novo Acordo Ortográfico da Língua Portuguesa (1990).

Setembro, 2020

EDITORA: Almedina Brasil
Rua José Maria Lisboa, 860, Conj.131 e 132, Jardim Paulista | 01423-001 São Paulo | Brasil
editora@almedina.com.br
www.almedina.com.br

JOSÉ MATTOS

DIAS CONTADOS

MINOTAURO

Para Lourdes.

OTAVIO

Três horas da manhã. Manolo queria fechar o bar, mas eu teimava ali na mesa sem querer ir para casa ou para outro lugar. Eu não ligava para o que o Manolo desejava. O copo de whisky estava no meio ainda, eu esfriava a bebida mexendo os cubos de gelo com a ponta do dedo indicador. Eu sabia que o Manolo queria fechar o caixa e ir para casa, sabia que ele ainda estava ali somente por minha causa. Aquilo me dava prazer, eu me sentia importante, homenageado, pelo menos no bar que frequento. O bar continuava aberto por minha causa somente. Não é pouco.

O bar do Manolo tem história, é citado nos jornais como um dos melhores botecos da cidade, frequentado por gente famosa. É um espaço pequeno, tem umas quinze mesas e um bar bonito onde ninguém se senta. Mesmo com as mesas do salão cheias é difícil alguém beber sentado no bar. Deviam sentar. O Manolo é um papo excelente, sabe alegrar os tristes, conter os alegres, torce por todos. Eu já pensei que o Manolo fosse um anjo mandado para tomar conta dos bêbados da vizinhança. Sei lá, um dia Deus preocupado com o estado dos bêbados de Copacabana resolvera abrir um local para eles terem um pouco de alívio e enviara um querubim ou serafim para ser o barman e organizar a bebedeira. E Deus ia chamando devagarzinho aos bêbados que ele queria proteger para serem fregueses do bar. Aí eles passavam a viver sob a inspeção do Manolo e se provassem bom comportamento iriam para o céu. Depois vi que não era possível um Deus assim tão bondoso com a turma do copo. Ainda vez por outra essa história volta para minha cabeça. Eu fico olhando o Manolo sempre em paz com o mundo, sempre com a pergunta certa, a resposta exata, o whisky preciso e, francamente, ele não pode ser humano, pelo menos humano assim como eu e você.

O whisky é o melhor amigo do homem, o whisky é o cão engarrafado, dizem que a frase é do Vinicius. Tomara que não seja, é uma piadinha mais para mim do que para o autor de tantos sonetos perfeitos. A autoria não importa, a frase é uma mentira bem embalada (pensando assim talvez ela até mereça a autoria do poeta) que eu gosto de crer principalmente lá pela quinta ou sexta dose. A essa altura eu estou, como se diz, voando baixo. A vida fica clara, as dúvidas desaparecem, o mundo é festa. Eu não sou um bêbado chato. Nunca fui convidado a sair de uma mesa. Pelo contrário, eu sinto que as pessoas gostam mais de mim quando eu estou com umas doses a mais. Riem mais de minhas piadas, apreciam quando eu falo de política. E também as mulheres se oferecem mais para mim. Ah, muitas se aproximam, encostam suas pernas nas minhas descuidadamente. Eu não noto. É sério, eu faço questão de não notar. Em primeiro lugar, eu não gosto de mulher em bar. Mulher quebra a camaradagem masculina que é a essência de um bar bom de se ir. Se for bonita é pior ainda. Nós começamos a disputá-la, a querer aparecer mais, ser mais inteligente do que o outro. Depois, de mulher eu estou farto, já tive minha cota. Sequer tenho boas lembranças, minhas histórias com mulher terminaram mal, o sofrimento foi maior que os momentos de gozo. Eu não culpo as mulheres. Nem culpo a mim tampouco. É só uma constatação. Com as amizades a coisa funcionou um pouco melhor. Eu tenho ainda uns dois ou três amigos que conversam comigo de graça, sem terem nenhum outro objetivo do que compartilhar alguns minutos de suas vidas.

Sobra assim o whisky para companheiro de fé. Ele se infiltra em meu organismo, incha o meu rosto, avermelha meus olhos, estraga o meu hálito e um dia ou outro embaralha meu pensamento. Por outro lado, ele melhora o meu mundo. Eu já gostei de beber whisky forte, puro, copo curto. Hoje prefiro sorver devagarinho, bem misturado a água com gás e muito gelo.

Dou uma olhada para o Manolo e, sim, já é hora de sair daqui. Faço um sinal e o Manolo vem caminhando sem pressa, como se o bar estivesse abrindo. Eu finjo verificar a conta e entrego o cartão. Minutos depois finjo também verificar o slip do cartão e assino a despesa. Vem uma vontade de pedir uma saideira, mas é melhor não. Eu vou para casa mesmo, vou dormir. A madrugada está fria, o vento acorda o meu corpo, desperta minha vontade de ficar mais um pouco sob o céu negro estrelado. Resisto, pego um táxi e rumo para casa.

Ela faz que não me escuta chegar, eu procuro não fazer muito barulho e assim vamos vivendo de amor, como diz o samba.

2.

A reunião na agência estava marcada para começar às 11hs. Era 9 e meia da manhã, eu estava vendo minha cara amassada no espelho do banheiro. Nada que um bom banho, uma espuma de barba, gilete e uma boa colônia não desse jeito. A água quente caindo na cabeça ajudava a arrumar a agenda do dia. Sabão e água, nada de xampu ou creme. Se dependesse de mim as fábricas de cosméticos iriam falir. Minha relação com elas se resumia às campanhas de propaganda da agência. E agora não se resumiam a nada, eu não tinha mais cosméticos no meu grupo de atendimento.

Hora da verdade, hora de fazer a barba. Uns poucos momentos face a face comigo mesmo, olho no olho, quase dá para sentir o meu próprio hálito. A gilete passa rápida pela pele ainda quente do banho. Em poucos minutos estou pronto para o dia. Saio do banheiro, passo na copa, tomo um café puro, um pedaço de bolo de fubá e um golinho de whisky para esquentar o sangue. Desço pela escada os três andares até a rua, pego um táxi e rumo para o escritório.

A agência fica em Ipanema, da minha sala eu vejo a praia e a Lagoa Rodrigo de Freitas. Lá longe, mas eu vejo. Vou entrando correndo, passo pela Norma, peço a campanha que teremos de aprovar, ligo o computador, sento na poltrona, olho o telefone e lá está acesa a luz indicadora de chamadas recebidas. Ligo não ligo, ligo não ligo, vá lá, pode ser importante, ligo. Uma voz monótona passa os recados. Três. Um deles vital, ainda bem que liguei. É o Waldir, de Brasília. Problemas na conta do INSS. Alguém está furioso porque não sei quantos jornais do interior do nordeste ficaram sem a mídia da campanha de recadastramento. Alguém deve ter mandado a gente tirar os jornais da lista. Porque se depender só da gente a lista é veiculada até em boletim de escola pública. Dou uma conferida no computador, mas Norma abre a porta com os layouts da campanha a ser apresentada em poucos minutos. Eu não vi nada ainda. Quem terá de apresentar é o diretor de criação, uma bicha chamada Vasco.

— Norminha, chama o Vasco para me explicar essa campanha... Eu tenho de saber pelo menos qual é o produto...

— Já vou chamar, Otavio.

— Mas olha, o pessoal de Brasília está louco para falar contigo.

— Eu sei, ouvi o recado.

— Pois é, o Waldir tá danado porque você desligou o celular...

A boca está seca, eu abro a gaveta, tiro a garrafa de whisky e dou uma triscada no gargalo, para arrumar a casa. Essa reunião é mais para eu exercer o meu talento de ator. Já está tudo arrumado com o cliente, a gente vai repassar um percentual da comissão para ele. Mas nem o Vasco e nem quem vem aprovar pelo cliente sabem disso. Para eles a reunião é a sério. Eu vou ter de aguentar duas horas de blá-blá-blá, de público alvo, mídias alternativas, impactos, branding e o diabo e torcer para o cara do cliente gostar.

O Vasco entra na sala. Está com um jeans de mais de mil reais, uma camisa de mais uns tantos e uma sandália havaiana. Reunião com cliente e o cara de sandália havaiana. Resolvo deixar para lá, vai ver o cliente joga no time dele e os dois se encontram. Vamos pensar positivo.

— E aí, Vasco, conta pra mim do que se trata.

— Olha, fiz o básico. Esse cliente é muito quadrado, não adianta inventar. Quanto mais careta mais rápido de aprovar. É um serviço do banco que vai ser relançado. Uma carteira de crédito imobiliário. É o filminho de sempre, o cara sonha com a casa, o banco empresta e todos são felizes para sempre. Aí tem os folhetos, spots de rádio, cartazes para as agências, anúncio de página dupla para lançar a campanha, depois uma página durante três semanas. Um filme de 1 minuto para lançar na TV e depois comerciais de trinta para sustentar. O bá-si-co. Se eles não aprovarem é porque não querem fazer nada.

— Vasquinho... e o amor como vai?

— Não chateia, você não merece saber da minha vida. Não vem puxar o meu saco que eu não tô nem aí.

— Vasquinho, você não me entende... Olha só, vamos combinar assim, eu faço a introdução e passo a bola para você explicar. Cadê a Soninha pra vender a mídia pro cara... E a produção, alguém já orçou essa beleza?

— A Soninha está vindo e o Jair tem as estimativas de produção para as peças. Nada de assombrar...

— Vasquinho, então tá tudo certo, quando eles chegarem te aviso e nos vemos na sala de reunião.

Reunião com cliente não é mole...

Primeiro tem o bom humor... Eu não sei qual foi o idiota que escreveu a regra de que as reuniões em agência de publicidade têm de ser festivas. O assunto é sério, a gente está vendendo uma ideia por milhões de reais e, vamos ser francos, sem termos a menor certeza de que vai funcionar mesmo. Ok, a turma da criação é boa, a turma da mídia sabe fazer contas e para o pessoal do atendimento — eu — sobra contar as piadas. A gente está lá para deixar o cliente eufórico, tirar ele um pouco do seu estado de idiotia normal e convencê-lo que de vez em quando ele tem de fazer uma coisa inteligente: aprovar a nossa campanha, por exemplo. Ele tem de crer que a afetação do nosso diretor de arte é causada pelo seu talento e que a mídia realmente apertou os veículos e o produtor os fornecedores de materiais. Para isso ocorrer , nós — o famoso atendimento que nunca recebe um Leão em Veneza — temos de ter construído um clima de confiança com o cliente, temos de tê-lo, de certo modo, levado até o quarto do motel, onde então a criação deverá fazer com ele o que se faz com alguém que entra com a gente em um quarto de motel.

Dessa vez, a campanha era grande a ponto do diretor de criação aparecer para vender, e lá ia o seu Vasquinho fingir que era macho por algumas horas. Tudo pelo cliente, até mesmo fingir que gosta de mulher. E o Vasquinho merecia Oscar. Ninguém seria capaz de descobrir a bicha que vivia dentro daquele corpo peludo se ele a deixasse adormecida. A bicha só aparecia para os íntimos, era uma espécie de prova de amizade. O cliente de hoje defendia uns 40% do nosso salário e o Vasquinho não era homem de brincar com essas coisas. E foi assim, mais macho do que nunca, que ele entrou na sala com seus layouts. Eu pedi licença, saí por uns instantes e fui beber uma dose de whisky para aguentar a barra, porque de cuca limpa não ia dar.

Eu vou poupar vocês dos detalhes da chatice de uma reunião dessas. São todas iguais. O primeiro ato é composto para provar ao cliente que tudo o que será mostrado a ele é resultado de um trabalho científico, de acordo com pesquisas sofisticadíssimas destinadas a provar de maneira conclusiva coisas como que criança gosta de bala, mulher gosta de ser elogiada e nenhum homem gosta de brochar. São uns vinte minutos onde são mostrados os resultados das pesquisas qualitativas, quantitativas, de fundo, de foco, necessárias para se chegar até as conclusões acima. O segundo ato é uma crítica à operação do cliente. É para dar o recado de que nós não temos medo de dizer a verdade. Se a sua comunicação não está boa, nós vamos te dizer. Se o consumidor acha defeitos em seu produto nós não temos medo de dizer. Bem, se o produto já é da agência, os defeitos são colocados na distribuição, no ponto de venda, um pouco no marketing. Se o produto é de outra agência, fica mais engraçado, porque aí se descontrói o trabalho da outra agência. No caso, nós já estávamos com a conta, então a coisa era mostrar que o consumidor evoluíra e o produto tinha de ser reposicionado de maneira a acompanhar esse novo consumidor. Beleza. Para melhorar se mostra que os concorrentes já viram isso e já estão reposicionados. A essa altura, se tudo estiver bem feito, o nosso cliente estará pequeno na cadeira, ansioso por uma solução que garanta um bom gráfico de vendas. É chegada a hora da criação, uma carga de cavalaria para espantar os índios quando a caravana já se via perdida. Aí aparecem uns layouts bonitos, bem-acabados, com o produto brilhando sem parar dando uma reforçada no ego do cliente e já o preparando para a hora da verdade dos custos do plano de mídia. Encerrada a criação, a gente serve um café, uns biscoitos e aí chega a nossa mídia com seus gráficos, impactos, audiências, público-alvo, dispersão e tudo o mais e toca a falar de milhares de reais. Tudo correndo bem, a gente tem um pouco de discussão e o cliente manda fazer. Agora é colocá-lo para fora da agência o mais rápido possível e mãos à obra, a pátria está salva, graças a Deus as crianças continuam gostando de bala, as mulheres de serem elogiadas e nenhum homem gosta de brochar.

Foi mais ou menos assim que aconteceu. O cliente pechinchou mais do que o normal, a gente terá de cortar mais do que gostaria. Nada que não se resolva em uma próxima reunião com quem realmente manda, até porque menos despesa é igual a menos comissão... Mas isso é segredo de estado e eu escuto a choradeira do Vasquinho que assim não é possível, que a campanha foi amputada pelo cliente, que ele não aguenta mais a profissão, que a agência tem de se posicionar, não pode aceitar que o cliente mande um idiota como esse para uma reunião de aprovação... Pego a garrafa na gaveta, mando a Norma trazer dois copos e gelo e sirvo pra mim e pra ele. O whisky desce direito, queima um pouquinho, o Vasco faz uma careta, parece mesmo moça bebendo.

— Se acalma Vasquinho, deixa eles se acostumarem e depois a gente conserta.

— Conserta o quê? Se eu criei um filme de sessenta segundos ele não pode ser feito em trinta! É tão difícil assim de entender? Era melhor o idiota recusar a campanha toda e não esquartejar o meu filme... Vai ficar uma merda. Depois não vende nada, aí a culpa é da campanha.

— Vasquinho, calma. Se você quer mesmo, eu arrumo outra reunião. Mas, veja, o que está aprovado já coloca o nosso escritório no azul. Vamos deixar como está... Você reescreve o filme, é mole para você, eu sei, o mundo todo sabe que é. E bola pra frente mermão. Isso não é campanha que vá render prêmio, é só um faturol. Bebe mais um e toca a bola.

O Vasco bebe de uma vez, agora um gole profissional e não faz careta. Parece que se lembrou que é homem. Olha bem para mim e dispara.

— Vai se fuder, cara.

Ele se levanta e sai da sala. Fico feliz, amanhã ele vai aparecer com o filme de trinta segundos bem resolvido e agora é tratar do telefonema de Brasília.

3.

Estou voltando do almoço. A cabeça está um pouquinho pesada, já, já passa. Comi um linguado com espinafre cozido e um pudim de leite de sobremesa. E um whisky. O resto da turma ficou na água com gás e

Coca-Cola. Água com gás tudo bem, mas Coca-Cola é ofender o cozinheiro. Você paga cem reais o prato e para acompanhar bebe um desentupidor de cano. Francamente, só por isso já dá para se odiar os Estados Unidos. Resolvi voltar a pé. São uns tantos quarteirões. Cuidado para atravessar o canal, a turma da cruzada não brinca. Passo andante com brio, cabeça para cima, barriga para dentro, bunda apertada, lá vou eu tentando pelo menos cumprir um item das recomendações do dr. Ribeiro. Quem é dr. Ribeiro? Um médico conversa mole que a agência manda todo ano pra fazer o nosso check-up. Ele vai lá, conversa com você meia hora, pede cinquenta exames e depois manda comer menos e andar mais. E ainda aproveita para receber uma comissão do laboratório em cima dos exames que nós fazemos... Enfim, quem é um publicitário para criticar quem ganha comissão?

Um molequinho se aproxima pedindo uma moeda. Atrás dele estão a mãe barriguda e mais três crianças. Meto a mão no bolso, sai uma nota de vinte reais. Vá lá, o almoço foi bom, o moleque deu sorte. Estendo o dinheiro para a criança. Ela pega e fica olhando a nota como se nunca tivesse visto uma. A mãe corre para pegar o papel amarelinho. Passo pelo grupo sem olhar, o suor brota da minha pele e empapa a camisa coberta pelo blazer. Afrouxo a gravata. Provavelmente sou o único a vestir gravata em toda Ipanema a uma hora dessas. Que fazer? Entro na galeria de lojas do edifício e sinto o abençoado frescor do ar condicionado. Nem olho para as vitrines e suas liquidações eternas. Chego rápido ao hall dos elevadores. A cabeça já não pesa. Subo à cobertura e em três passos estou na minha sala. Tiro o casaco, acabo de afrouxar a gravata, a maldita luz vermelha está acesa anunciando que há mensagens na caixa postal do telefone. Telefone com caixa-postal? Esse mundo está muito complicado, não devia ser caixa fonal? Essa foi muito ruim, sinal de que eu preciso de um gole de whisky para continuar tarde adentro. Abro a gaveta, dou um golinho e um golão, fecho a garrafa e guardo. Procuro no bolso da calça um drops de menta. Coloco a pastilha na língua e deixo o frescor ganhar a boca. Abro o computador: 26 e-mails chegaram desde o meio-dia quando saí para almoçar. 21 de Brasilia. A tarde promete. Tem outros quatro de propaganda e um de Ângela, minha mulher.

O que seria dos casais infelizes se não existisse e-mail? Qual a maneira ideal para se comunicar com uma pessoa que você não suporta, lhe provoca urticária? E-mail. A salvação eletrônica, bilgueiteana para os casais realmente disfuncionais, como os psicólogos pedantes gostam de nos chamar. São vinte e cinco e-mails e é o de Ângela que me prende a atenção. Reajo, depois eu abro e vamos para o trabalho. Primeiro a caixa-postal do telefone. Vem a voz monótona da URA solicitando disque número tal, número x, e aí está o primeiro recado:

— Otavio, me liga, precisamos falar da situação em Brasília. A coisa está feia, os deputados no Nordeste estão putos da vida porque os jornais da região não ganharam os anúncios da campanha.

Vamos para a próxima.

— Otavio, o Sérgio ligou de Brasília dizendo que empepinou de vez a conta do INSS. Liga para ele e vê se dá pra contornar rápido.

Outra agora.

— Otavio, liga pro Sérgio, ele tá botando fogo pela boca por causa da confusão com a mídia da campanha do INSS.

Mais uma para coroar.

— Otavio, que merda foi essa? Quem escolheu os jornais? Foi você? Espero que não, porque nós vamos ter de encontrar um culpado para salvar a situação. O Ministro me telefonou duas vezes essa manhã. Deve estar sentindo a cadeira balançar. Liga pra gente combinar como sairemos dessa. Abração.E, porra, você tem que acabar com esse negócio de desligar o celular. Não dá, cara!

Desligo o telefone, olho para o computador sem apetite de abrir as mensagens. Deve ser o mesmo assunto, eu não preciso saber mais nada para agir. Posso eu mesmo pesquisar no outlook e nos arquivos onde foi que a merda aconteceu. Decido chamar a Norma, namorada da faculdade e atual secretária e escudeira. Enquanto ela junta os e-mails referentes ao assunto eu posso arrumar a cabeça com um uisquezinho com gelo, bebido bem devagarinho, igual o sol descendo em direção ao mar bem na minha janela.

— Norma, veja tudo que nós temos sobre a campanha do INSS que entrou no ar ontem. Traga o mapa de mídia. Eu preciso de todas as versões. A nossa sugestão e as revisões do cliente. E me deixa quieto pela próxima hora, eu não estou pra ninguém, saí sem dizer para onde e esqueci o celular no escritório. Quando você tiver acabado me traz aqui. Eu vou ler um pouco.

Vou até a estante escolher um poeta para ler. Drummond? Tá ficando chato... não sei porquê, mas tá ficando chato. Cassiano? Não, hoje não. Cora? Eu não consigo ler sem chorar desde que conheci sua casa em Goiás Velho. Não consigo ler sem imaginá-la em sua pobreza franciscana, fazendo goiabada para vender e ganhar o sustento, as fotos expostas da casa caindo aos pedaços e ali dentro luzindo sua alma linda. Cora fica para outra hora, vamos então de Bandeira, pernambucano sem muita frescura e bom para acertar a alma:

Felicidade

A doce tarde morre. E tão mansa
Ela esmorece,
Tão lentamente no céu de prece,
Que assim parece, todo repouso,
Como um suspiro de extinto gozo
De uma profunda, longa esperança
Que, enfim cumprida, morre, descansa...

E enquanto a mansa tarde agoniza,
Por entra a névoa fria do mar
Toda a minhalma foge na brisa:
Tenho vontade de me matar!

Oh, ter vontade de se matar...
Bem sei é cousa que não se diz.
Que mais a vida me pode dar?

Sou tão feliz!
— Vem, noite mansa...

BRASÍLIA

Ah... Brasília, tão injustiçada Brasília, tão mal falada, difamada Brasília. Eu gosto das ruas retas, dessas esquinas vazias, desses restaurantes escondidos em superquadras, em setores isso, setores aquilo. Gosto de estar sentado em uma mesa e na mesa ao lado estar o líder do governo jantando com dois ou três deputados da oposição. E mais adiante o colunista que tão furiosamente escreve contra o governo sentado feliz ao lado de um ministro. Enquanto isso eu, humilde publicitário, aqui na minha mesa vou cuidando da minha vida junto com o diretor de marketing ou comunicação social de algum ministério, fundação, agência, autarquia, viva!!

Depois, o número de garrafas de whisky e vinho bom por mesa em Brasília é muito superior ao do Rio ou mesmo de São Paulo. Por quê? Ora, em Brasília quem paga a conta é sempre uma pessoa jurídica e isso dá uma sede... E tem sempre um charutinho Cohiba ou similar para fustigar as tripas e então para acalmá-las nada melhor que um conhaquinho... Ou seja, não há nenhuma razão para não se trabalhar direito em Brasília.

Pois cá estou na amável capital federal à espera de mais um assessor de comunicação para resolver esse rolo. Marcamos um almoço agora e uma reunião no fim da tarde no escritório dele. Assim, dá tempo para tornarmos efetivo o que combinarmos no almoço e ao fim do dia, se Deus quiser, tudo pronto. Ele está duas doses atrasado, eu não me importo. Sinto uma cosquinha na barriga, é um e-mail chegando. Cara, a informática é mesmo surpreendente. Agora essa de você ser informado de que recebeu uma mensagem por um aparelho que faz cócegas. Pego o Blackberry e abro a mensagem: Otavio os caras estão pensando em mudar a conta. Informação segura. Aperta o Tuiuti e vê se descobre mais. Waldir.

Porra, que novidade, os caras estão sempre pensando em mudar a agência da conta. Tem sempre alguém no cliente insatisfeito ou querendo ganhar um dinheiro com a mudança de agência. Ok, acho que estou envelhecendo. A gente envelhece e começa a achar tudo natural. Tem que cuidar, não é bem assim. Deixa o escroto chegar aqui e eu aperto ele. Passa o Jair, com seu blazer branco imaculado, e eu aproveito para pedir mais gelo.

Aí chega nossa atração principal, dr. Alberto Tuiuti, assessor de comunicação do INSS. Tuiuti, Tuiuti, se não fosse por mim, seria por ti. Quase falo essa bobagem, é melhor parar de beber um pouco, deixar as coisas se arrumarem na cabeça. Tuiuti chega sorridente, terninho de microfibra, gravata brilhante, camisa escura, um horror.

— Ô Otávio, desculpe o atraso, o Ministro me prendeu lá com uma história que não acabava...

— É, não tem problema, eu tava aqui me distraindo revendo a turma da cidade...

— É uma fauna, não?

— Fauna bonita, peluda, mas e aí rapaz como estão as coisas para você?

— Tá tudo bem, o Ministro é tranquilo, confia na gente.

— Que bom, cara, fico feliz, vai beber o quê, me acompanha no whisky ou trocamos pra um vinho?

— Pode ser um uísquinho, hoje tá fresco, o whisky cai bem.Peço o whisky dele e mais um pra mim. O Tuiuti pensa que embroma, mas vamos ver se ele aguenta até o fim do almoço.

Chega ao restaurante o deputado Rodovaldo, atual líder do PRT, com toda sua elegância goiana. Eu não vou perder tempo o descrevendo, vamos dizer que o Tuiuti estava um modelo perto do Rodovaldo. Para minha falta de sorte, ele olha para o Tuiuti, acena e caminha para a mesa com jeito de quem vai se sentar... não pode ser verdade, mas é. O deputado Rodovaldo Palhares abre um sorriso, Tuiuti amigo velho, que bom te ver, é contigo mesmo que eu estava precisando falar... O almoço é privado, ou posso me sentar com vocês...

— Mas é claro, deputado eu e o Tuiuti não estamos tratando de nada confidencial, por favor, sente-se.

— É isso mesmo, deputado, o Otavio é um velho amigo, nós não estamos tratando de nada especial, dê-nos a honra!

— Pois aceito, peça um whisky para mim que eu também sou filho de Deus.

Bem, pelo menos era dos meus. Pedi o whisky e esperei pacientemente qual seria o assunto do deputado, porque de graça ele não sentará na mesa. Rodovaldo Palhares de graça não fica de pé, não se deita, nem se levanta. Embora a minha vontade fosse voltar o mais rápido possível para a conversa original com o Tuiuti, nunca se despreza a companhia de um deputado poderoso. O meu problema podia esperar alguns minutos, a conta não sairia da agência durante o almoço. O plano agora era deixar o deputado falar e depois a gente continuava o nosso assunto.

— Mas então, deputado, no que posso ajudá-lo, alguma informação?

— Pois é Tuiuti, tem coisa que a gente não entende... Veja por exemplo essa confusão da campanha de propaganda de vocês. Uma bobagem e vocês conseguem fazer essa trapalhada. O Gerson está uma fera, dizendo que não é possível confiar em um governo que não respeita nem trato de publicidade. Porra, ele é o presidente da Câmara, manda pra cacete e nós vamos aborrecê-lo com uma bobagem dessas. Ele quer saber quem foi, quer saber a his-tó-ria...

— Deputado, eu estou verificando onde foi o erro. Nosso, do Ministro e do gabinete não foi, porque a gente sabe dos compromissos do governo e trabalha em sintonia, não iríamos criar um problema desses. Agora, o sistema está todo infiltrado, é gente de todo partido. Quando menos se espera, cai uma bola nas costas. Mas nós vamos remediar e o culpado vai pagar, o sr. pode garantir ao presidente Gerson.

Gelei. O culpado mais fácil é sempre a agência. É mais tranquilo, a agência tem pouco poder de retaliação. Não gostei também da história do "estamos verificando". Ora, é claro que ele já sabia quem tinha errado. O que ele estava verificando é quem pagaria o pato. Isso significava que o culpado tinha bala na agulha, não podia ser descartado facilmente... Mais uma vez, parecia que nós poderíamos ir para o sacrifício.

— Tuiuti, veja isso e me avise. Veja se consegue uma resposta hoje. Assim a gente mata logo o problema, não é possível uma bobagem dessas servir de pretexto para o pessoal atrasar a votação de matérias. Conto com você.

O deputado Rodovaldo levantou-se.

— Meu caro amigo, me desculpe ter atrapalhado o seu almoço com o Tuiuti, mas acho que entendeu que o assunto era importante. O Antonio Paulo chegou e eu vou almoçar com ele. Bom almoço para vocês.

— Vamos pedir?

Eu tinha que manter o almoço normal. Aquela era a hora de mostrar o famoso comprometimento com o cliente. Ou seja, "estamos juntos para o que der e vier".

— Eu já sei o que vou pedir. Um linguado com molho de alcaparras e batata cozida, aquela que vem com umas salsinhas.

— Eu estou com fome, peixe é pouco...vou querer um steak diana. Eles preparam direito por aqui. E acho que a gente pode mudar para vinho...

— Vamos lá, deixa o Jair passar que a gente ordena.

Esse Tuiuti era duro na queda. Ele não dava nenhuma dica de se ia sobrar para nós ou não. Pelo visto, o assunto ia mesmo ficar para a sobremesa.

Bola para a frente. Vamos seguir do jeito que ele quer.

— Ô Otavio, esse Rodovaldo é um merda de vir aqui falar toda essa bobagem. Eu não estou nem aí pro problema dele. O Ministro tirou os jornais do PTB da mídia, entende? A bancada do PTB só sabe ir ao Ministério pedir favor e não vota nada do jeito que o Ministro precisa. Então agora eles vão amargar um prejuízo. Esses jornaizinhos do interior dependem da propaganda do governo para viver. Sem os anúncios do governo, os donos têm que tirar o dinheiro do bolso para pagar as contas. Todos eles têm sempre um político por trás. São de um deputado, um senador. Pois eles que vivam sem a propaganda do ministério. Se querem brincar de ser independentes que paguem suas contas e não venham exigir anúncios.

Chegaram os pratos e o vinho, um Pulenta, 2004, cento e cinquenta contos a garrafa. Estava barato, eu lutava para não demonstrar a onda de alívio que me dominava. Mas era preciso calma, com essa gente de governo a gente nunca sabe quando vem a rasteira. Vamos esperar o fim da conversa antes de ficarmos felizes.

— Pois é, Tuiuti, essa história está refletindo na agência também. O Waldir está muito preocupado, você sabe o esforço que nós fizemos para mudar a imagem do ministério. E, se você ler as últimas pesquisas de opinião vai ver que o trabalho está bem feito, mais de cinquenta por cento das pessoas entrevistadas considera que o ministério está melhor. A gente conseguiu passar para as pessoas as melhorias que vocês empreenderam lá. Não tem graça uma história dessas destruir esse trabalho todo, quebrar a confiança que existe entre nós. E isso sem nós termos a imprensa do nosso lado, é só pau. Eu nem sei por que vocês pagam aquela assessoria de imprensa. Essa gente é só papo. Eu já te disse que a Norma, minha secretária, é melhor que eles.

— Deixa disso, Otávio, nem esquenta. Tuiuti deu um gole bom de vinho, enfiou na boca um pedaço sangrento de carne.

— Mas ô, Tuiuti, você não quer que a gente reprograme pelo menos alguns dos jornais cortados? A gente faz uns anúncios menores e autoriza. Eles ficam calmos, entendem o recado e a gente se livra do problema. Senão eles vão ficar no nosso pé o resto do ano. Eu tenho no escritório um plano de mídia incluindo esses jornais. A gente nem manda fazer arte, faz um all type e eles mesmos compoem. É só a veiculação. É mais prudente.

— Você não entende, Otavio, o Ministro não quer nem escutar falar em programar esses jornais. É briga de cachorro grande. Vocês têm que estar com a gente, não podem se acovardar porque um grupinho de deputados do quinto clero está a fazer barulho. Não é hora de vacilo, porra!

— Tuiuti, conte conosco para o que der e vier. Olha, eu já te disse, tem conta que a gente defende só pelo faturamento, a gente é profissional. Mas com vocês é diferente. Vocês ganharam nosso respeito, nós sentimos a sinceridade do Ministro e, cara, diz o que é para fazer e está feito.

Era inútil continuar a conversa, Tuiuti não ia abrir o jogo comigo naquele almoço. Sem chance. A conta não estava na UTI, mas corria perigo. Em princípio, a gente estava defendido por uma concorrência. Só que em Brasília concorrência tem valor relativo.

Despedi-me do Tuiuti, fui para o carro e liguei o celular. Chamei o Waldir. Informei o almoço e que realmente havia risco dessa confusão nos prejudicar. Waldir xingou o mundo todo por uns dois minutos. Depois se acalmou. Eu imaginei a cara gorda e suada molhando todo o celular. Por fim ele falou: Cara, bola contigo. Você é que arrumou essa conta e conhece aquela gente. Vai lá e vê se nos tira dessa.

Cheguei no hotel e fui tomar um banho. Liguei pra Norma e pedi para ela conseguir uma reunião minha com o Ministro. Assunto: a campanha de turismo de Goiás para atrair turistas europeus.

— Ô, Otavio, que campanha é essa? Ninguém abriu pedido para isso, quem está criando?

— Eu, Norma, eu estou criando. Pouca pergunta e muito trabalho. Eu preciso estar com o Ministro essa noite, ok?

O chuveiro quente me reconfortou. Enxuguei-me com vigor e deitei-me na cama nu.

Acordei uma hora depois e abri o computador. Ali estava o e-mail de Ângela esperando que eu o lesse. Tomei um gole de whisky e abri:

> "Ai, meu Otavio, eu não sei o que ou quem te roubou de mim... Eu gosto de pensar que foi a vida quem te roubou e não alguém. Prefiro pensar que te perdi pro mundo, o trabalho, pra todos os interesses e tentações, todos os pecados e ambições que sempre te cercaram. Odeio a ideia que tenha sido outra pessoa quem te levou dessa casa, de nossa casa.
>
> Eu amo você agora como sempre amei. Você não nota, mas é assim. Eu nem consigo pensar na ideia de outro homem de deixar outro homem entrar dentro de mim e arrancar o gozo que eu sempre tive com você. Não ria, você hoje é tão cínico que eu tenho medo de que você até ria de mim. Não ria não, Otavio. Eu entendo que você no seu mundo de publicidade acabe vendo tudo diferente, vendo as mulheres de outro jeito. São todas colegas, concorrentes no trabalho ou então modelos, artistas gente que vê o mundo de outra forma, gente mais prática do que eu talvez.
>
> Eu sei que eu não sou leve, eu tenho esse mundo no qual você é o centro, eu não tenho outro interesse que não seja você, nossa casa, nossos filhos. Por alguma razão que me escapa isso não é bom para você. Você gostaria de mim diferente, mais solta talvez, eu não sei.
>
> Eu sei que você está cada vez mais longe, cada vez é mais difícil te encontrar sóbrio, ter a tua atenção e o teu carinho.
>
> Otavio, esta é uma carta de desistência e não de despedida. Eu sinto, eu sei, que não terei você de volta, mas me falta coragem para partir ou sair para outra.
>
> Eu sinto muito. A."

ÂNGELA

Éramos quatro no carro indo para Mauá, na Serra do Mar, entre o Rio e São Paulo.

O carro era um Volkswagen, um Fusca verde escuro, motor 1200, bateria de 6 volts, com os faróis mais parecendo duas lamparinas de óleo. O rádio tocava uma música barulhenta, a recepção em AM piorava ou melhorava conforme a curva da estrada, o ruído era quase insuportável quando passávamos por um fio elétrico. A rádio era a da cidade mais perto. Ricardo no banco de trás bebia conhaque Dreher no gargalo, Raquel acompanhava mais fingindo que bebendo. O clima era alegre, Mauá não importava tanto, o destino não importava tanto, a viagem estava ótima, o motor do fusquinha respondia, a serra tinha acabado, o frio já se anunciava no vento fresco entrando pela janela do carro.

Mauá e suas montanhas, seus pequenos caminhos de terra, suas vilas de casas modestas, suas pequenas pousadas, era uma opção diferente de viver. Contracultura era a expressão da época. Muita teoria, muito papel jornal era gasto para explicar por que as pessoas estavam querendo ir para o campo, longe do barulho da cidade. Nós quatro estávamos muito distantes de todos esses pensamentos. Nós estávamos apenas subindo a serra em uma horrível estrada de terra que fazia o fusca parecer uma carruagem do velho oeste, saltando buracos e mais buracos no caminho da Califórnia.

A pensão onde ficamos também não era muito melhor do que uma estalagem do velho oeste. Um quarto muito simples, uma cama limpa e a comida, essa sim, fantástica. Pelo menos para nós, mortos de fome, entorpecidos de conhaque ordinário.

Ângela ao meu lado estava absolutamente feliz. O cabelo castanho claro chegava nos ombros, tinha volume, tinha brilho, era uma manta espessa cobrindo a cabeça, protegendo o pescoço. Uma calça Lee desbotada como mandava a regra, uma camiseta, um tamanco dinamarquês e estava ali na minha frente a mulher mais linda do mundo. Nada de maquiagem sobre a pele, nem uma joia, nem um perfume, só o seu corpo, seu rosto, sua juventude.

Eu fui para o meu quarto com Ângela, Ricardo e Raquel ficaram no quarto em frente. O banho era de chuveiro elétrico, um daqueles terríveis Lorenzettis de ferro, barulhentos e com duas opções: banho de pingos de água fervente ou água fria. O calor do Rio ainda estava no corpo e eu escolhi a água fria. Ângela veio também e gritou quando sentiu a água no corpo.

Foi natural, a gente se abraçou ali no pequeno boxe e quando vimos o sangue de Ângela corria rumo ao ralo, ela ria, gemendo, chorando ao mesmo tempo. Nós ríamos, minhas pernas tremiam sem controle pelo esforço, eu abraçava Ângela. Tudo tinha sido planejado para ocorrer a noite, depois do jantar num clima especial. Aconteceu assim desse jeito, no atropelo de um banho frio. Tudo perfeito como só acontece quando a gente tem vinte anos. Ângela estava mais bonita ainda, se isso era possível, com um inacreditável sorriso, e suas mãos lindas passeando pela minha pele. Uma sensação esquisita, de ter feito algo definitivo, a primeira coisa feita para valer pelo resto da vida me invadiu. Eu não cheguei a refletir bem sobre isso naquele momento, a felicidade era grande demais, eu me sentia homem demais para dar atenção a qualquer outra coisa. Eu e Ângela nos enxugamos de qualquer jeito e fomos para a cama. Amar era uma grande brincadeira, risos, gargalhadas, pega-pega, no fundo dois animais extravasando vida por todos os poros, sem perceber nada a sua volta, sem nenhum outro desejo a não ser gozar e se divertir. Fomos acordados por Ricardo e Raquel batendo na porta para irmos jantar juntos.

Eles nos olharam e começaram a rir.

RAQUEL

Eu sempre senti tesão pela Raquel. A começar pelo nome forte que revelava a pessoa por debaixo da suavidade que Raquel utilizava para conquistar a quem quisesse. Ela nunca quis me conquistar, nunca deixou que se criasse entre nós a intimidade, a cumplicidade necessária. Ela sempre soube que eu a queria, que eu responderia a qualquer sinal seu. Nunca. Nem depois de separada de Ricardo, nem quando saiu com metade da cidade, nem quando passou a amar outras mulheres, nunca Raquel me abriu sua porta.

Ontem mesmo a vi no hall de um cinema carregando um enorme copo de pipoca. Olhou para mim e acenou, conseguiu sorrir um pouquinho mesmo com a boca cheia e foi em frente. Caramba, tanto tempo sem nos vermos e ela me acena como se fôssemos vizinhos, como se nós nos encontrássemos na missa todo domingo. Às vezes eu fantasio que ela me trata assim porque teme envolver-se comigo. Faz bem para minha autoestima, mas não creio. Não há liga entre nós. Eu convivo com Raquel há décadas. Ela foi mulher de meu amigo de infância, eu sou padrinho de sua filha, que estou tentando tirar da cadeia, acampamos juntos, ela me viu nu, me escutou trepar com outras mulheres, conheceu minhas namoradas e quando me encontra tudo que tem para me dizer é um aceno e um sorriso com a boca cheia de pipoca?

Para ser franco, o que me deixa mais furioso é que durante todos esses anos eu assisti a Raquel cortejar quem a interessava. Vi como ela abria o sorriso, como deixava seus olhos castanhos clarinhos pousados nos olhos de quem a agradava. Como ela cumprimentava com um abraço e um beijo no rosto que parecia dirigido unicamente para a pessoa, parecia até que ela não era assim com mais ninguém. Não, eu nunca recebi esse abraço nem esse beijo. Raquel não me evita propriamente dito. Ela me trata com correção, com cerimonia. São anos de correção e cerimonia. Ou Raquel me ama ou me odeia em segredo. Ela nunca compartilhou comigo o seu sentimento a meu respeito. O que me dá a certeza de que me amando ou me odiando ela mais que tudo me despreza.

Penso na Gildinha presa e culpo Raquel. Raquel nunca teve tempo para essas coisas de família. Nunca achou graça na filha. Nunca se interessou por nota de boletim, reunião de pais, turma da escola. Ela não se reconhece mãe de Gilda, a gravidez não produziu a ligação natural entre ela e a filha. Quando o casamento com Ricardo acabou Raquel ficou com Gilda no papel e só. Ela cumpria sua obrigação social sem atender a sua obrigação natural, biológica. A filha não valia uma noite perdida, uma trepada adiada, um cinema com uma amiga. Gilda tinha que aprender a viver só, a se bastar, dizia ela.

Acho que foi por isso que Gildinha, quando foi presa, deu o meu nome na delegacia e pediu para me chamarem. O pai ela não via há anos e a mãe ela sabia que não valia a pena procurar. Sobrou para mim fazer o papel de padrinho e ir lá conhecer a situação. Eu tentei falar com uma ou duas pessoas da família de Ricardo, mas ninguém se comoveu muito. Que vergonha, como pode, misturada com traficante, vai sair nosso nome no jornal, já não bastava os escândalos do pai, a sem-vergonhice da mãe. Eu vou ver se vou, deixa eu pensar... Quem tinha de ir era eu mesmo, Gilda sabia disso quando deu meu telefone para polícia.

O delegado estava cansado, olhos bem fundos, camisa amassada com as mangas arregaçadas até o cotovelo.

— Pois é, dr. Otavio, a coisa está feia para a menina. Porque ela vive com esse sujeito e o apartamento é dela, está no nome dela. Então ela é a responsável pelo fato da droga estar no apartamento, ela é dona da droga, o sr. me entende? Vai ter que arrumar um advogado muito bom para tirá-la dessa confusão. Eu conversei com ela um pouco e vi que não é traficante. O bandido é ele. Mas lei é lei e ela foi pega em flagrante na posse de dez quilos de cocaína pura. De nossa parte acabou, agora é fechar o inquérito e mandar pra frente.

— Eu posso falar com ela?

— Pode sim, eu vou colocar ela numa salinha e o senhor fala com ela uns minutos. É o que dá pra fazer. E chama logo um advogado para cuidar disso ou essa menina vai apodrecer em cana.

A sala era mínima e mal continha o jogo de móveis. Havia uma poltrona com o estofamento rasgado, um sofá de dois lugares e uma mesinha velha de madeira. Eu fiquei em pé esperando a Gildinha chegar. Tirei o cantil prateado do bolso e dei um bom gole de whisky. Quando ela entrou eu me assustei. Não pesava mais de 40 e poucos quilos. A pele que sempre fora clara era transparente agora. Os olhos estavam maiores do que já eram em contraste com o rosto tão magro que se viam os ossos saltados, quase expostos.

Gildinha me abraçou, mas não teve força para me apertar. Eu senti seu espírito dentro do meu, mas o braço dela tinha a força de um braço de criança. Sentamo-nos no sofá. Ela chorava baixinho, as lágrimas saíam devagar.

— Calma, menina, calma menina, nós vamos tirar você daqui.

— Otavio, me deixa aqui, eu não quero sair. Deixa eu ficar.

— Que é isso, Gildinha? Você está maluca, meu amor?

— Acabou Otavio, acabou. Aqui eu vou ter sossego, não vou ter mais ninguém me dando droga sem parar. Ninguém gritando comigo, me batendo...

— Que é isso meu anjo, isso acabou, mas você não vai ter que ficar aqui. Vamos sair disso aqui juntos. Eu estava pensando em chamar o seu pai...

— Chama sim, faz tanto tempo que ele não aparece... Tio, tio, que merda de vida, que merda de vida...

Eu não tinha o que dizer, nada me ocorria, me vinha a boca. Eu abracei Gildinha com cuidado para não a machucar ainda mais. Queria chorar com ela, mas nem lágrima eu tinha. Eu era um espanto só, um desaponto só com Ricardo, com Raquel, comigo e com a porra do mundo.

RICARDO

Porra Otavio, a Gildinha presa, essa nunca tinha me passado pela cabeça. A minha filha em uma cela de prisão. Gildinha presa com 10 quilos de cocaína dentro de casa, meu Deus do céu, como as coisas chegaram a esse estado? Cara, há três anos eu não vejo minha filha. A última vez ela estava vivendo com um cantor de rock metido a rebelde, um tipo meio perdido. Eu quase falei sobre ele com a Gilda, mas achei melhor não me meter em nada. Escutei um tape de músicas dele e não entendi nada, mas, mais uma vez, quem tinha de estar feliz não era eu... Otavio você fez bem, é claro que fez bem, eu vou fazer uma mala e volto com você para o Rio.

O helicóptero balançou um pouco e levantou do gramado em frente à minha casa. Eu prefiro carro, mas o Otavio é homem que não tem tempo a perder. Daí, lá fomos nós levantando voo, assombrando a vila, ensurdecendo as pessoas, encantando as crianças, rumo ao Rio, cidade dos meus problemas, dos meus ex-amores e ódios de sempre. O vôo de helicóptero até o Rio é um dos deslumbramentos que há no mundo. São praias, ilhas, promontórios e um mar incrivelmente azul. Olhando a beleza imensa eu permanecia calado. Otavio também não dizia nada, por certo querendo me deixar acostumar com a notícia. Antes do avião subir, naquele balanço incômodo que o helicóptero dá quando se desloca do solo, ele pegou o cantil no bolso e deu um grande gole. Continuava o mesmo bêbado de sempre. Eu voltava para o Rio para soltar a minha filha da cadeia. Minha filha que eu não tinha a mínima ideia do que fazia, com quem andava e como tinha ido parar lá.

Gildinha tinha viajado para a Europa comigo, passado dois meses me aturando de porre por vários países, sem reclamar. Gildinha tinha ficado ao meu lado e contra a mãe no divórcio. Gildinha vivera toda adolescência comigo, me apoiara quando os jornais caíram na minha pele querendo que o Governo acabasse comigo e me deixasse de tanga.

Eu me lembro de Gildinha andando de bicicleta comigo em Itaipava. Era uma estradinha de terra, toda esburacada, ela ia que nem um capeta, sem respeitar nada, saltando os buracos com uma velocidade incrível. Eu atrás tentava acompanhá-la, mas os buracos faziam meu cérebro parecer que ia se descolar dos ossos da cabeça e eu não a alcançava. De repente ela parou a bicicleta e eu tentando desviar dela me esborrachei no chão. Me lembro do rosto assustado dela e da sua gargalhada quando viu que eu não me machucara. Mas o que foi que aconteceu minha filha, por que você parou desse jeito? Foi uma borboletinha azul papai, linda, cadê ela? Você assustou a borboleta papai!

O vôo estava tranquilo e a vista do panorama puxou mais pela memória. A decisão de vir morar no pequeno vilarejo, de sair do mundo tinha sido a consequência natural de minha solidão no Rio.

Para dizer a verdade, as pessoas já tinham se acostumado com essa minha opção e me deixado em paz. Às vezes aparecia alguém da família para me visitar no fim de semana e, mais que tudo, querendo passar uns dias na casa de praia. É, eu moro numa casa de frente para o mar, uma casa bonita, sem muita frescura, mas bonita. Olhando-se pela janela da sala parece que se está no deck de um barco ou navio. Embaixo há uma pequena praia, particular até onde a lei deixa, sem ninguém na grande maioria dos dias do ano. Eu vivo assim gostoso, acordo quando quero, tomo café devagarinho, dou uma caminhada na areia, converso com os pescadores, caio n'água, dou uma nadada, passo na vila, compro o jornal e volto para casa. Ligo o computador, dou uma conferida na abertura da bolsa, uma olhada na conta corrente do banco, encomendo uns livros, cds ou vídeos. Checo o correio e já estamos na hora do almoço, se eu estiver com fome.

Chato? Olha, eu não me lembro de ter sido feliz assim nunca na vida. Nem quando ganhei, nem quando perdi dinheiro, nem quando me casei, nem quando divorciei, nem nunca. É difícil a gente conseguir viver assim nessa simplicidade e com muito dinheiro no banco. Ou seja, ser pobre sendo rico. Por aqui, por exemplo, ninguém sabe que eu sou rico. Eles sabem que eu tenho mais dinheiro do que eles, sabem pela minha casa, pelo meu barco e pela gente que vem me ver de vez em quando. Agora, eles sequer imaginam o quanto eu sou mais rico do que eles todos somados e multiplicados. Uns me chamam de Dr., outros de Professor, a maioria de Seu, Seu Ricardo. Seu Ricardo e estamos conversados.

A vida corre boba aqui. Um vilarejo à beira mar entre Angra e Parati. Eu escolhi por acaso, foi até engraçado. Vindo de Parati há muito tempo, o meu carro quebrou em um trecho da estrada que era mais uma picada. Era um Land-Rover antigo, dos bons, mas quebrou e me fez passar a noite ali. Por sorte eu estava com a barraca na mala e Raquel ao meu lado. De forma que acabou sendo romântico. Quando acordamos, fomos caminhar um pouco e demos de cara com essa praia magnífica e esse povoado, naquele tempo menor ainda do que agora. Fomos tomar café nessa mesma birosca que ainda frequento. Conversa vai, conversa vem, soube de uma casinha à venda. Eu e Raquel resolvemos ir conhecer. Chegamos lá a dona da casa nos recebeu muito bem. Era pouco mais do que um barraco, mas tinha uma vista linda e da janela da sala já se via o mar do jeito que se vê hoje. Foi paixão à primeira vista. A mulher ia se mudar para São Paulo para morar com o filho. Eu comprei no ato. Cheguei no escritório e mandei os advogados finalizarem a compra. Esqueci do terreno por vários anos, nunca mais fui lá ver. Ficou esquecido, enterrado na memória. A separação com Raquel ajudou a esquecê-lo mais ainda. De certa forma eu não queria me lembrar de nada na minha vida em que Raquel tivesse tomado parte e essa casa ficou por lá abandonada. Uma compra de impulso, dessas que a gente chega em casa joga no armário e nunca mais procura.

Olhei para o Otavio e minha memória voltou para poucos minutos atrás quando ele entrara em casa esbaforido. "Pois é Ricardo, eu sei que você não quer mais se envolver com nada, mas não tem jeito, eu tinha de vir aqui contar para você. Afinal, a Gildinha é sua filha". É, não tinha jeito mesmo.

O helicóptero aterrissou no pequeno espaço da pista em cima do prédio no centro do Rio. Saímos correndo, meio abaixados, com medo da hélice, como se fosse a primeira vez que saltássemos de um helicóptero. Descemos uma escadinha e pegamos o elevador até a rua. No trajeto, Otavio me perguntou se eu sabia de Nonato.

— Não, só sei que continua rico.

— Pois é, imagine que o corpo da Sonia apareceu boiando no lago da fazenda dele. Li no jornal e liguei para ele.

— E o que ele disse?

— Que aparecia peixe morto todo dia no lago. A novidade é que dessa vez tinha aparecido uma piranha.

— Porra...que filho da puta, deve estar sofrendo paca.

NONATO

Sentado à beira do lago, Nonato observava as águas. Jogava pedras pequenas que repicavam n`água uma, duas, três vezes até afundarem. Técnica adquirida há décadas, quando menino passava férias ali. Seus olhos perdidos no horizonte procuravam não olhar para o corpo de Sonia. Todo mordido por peixes o corpo de Sonia era macabro. Nonato aguardava a chegada da polícia, do fim de seu sossego. Sonia era um corpo agora. A mulher com quem vivera estava morta. Nonato não sentia a dor que deveria sentir, não sentia a solidão que deveria estar agora tomando conta de sua mente. O corpo deixara de ser de sua mulher, agora eram apenas alguns quilos de carne comida por peixes. Sonia saíra da fazenda há cinco anos. Fugira. Não deixara uma carta, um bilhete decente, uma explicação. Deixara apenas a ausência, a falta.

Há poucas horas Sonia reaparecera dessa forma. Uma volta surpreendente para quem se acreditava estar longe, distante, nunca mais fora vista. O cadáver de Sonia não trazia de volta a mulher que habitara a fazenda por tantos anos. Olhando o corpo deformado pela água, Nonato não encontrava relação com a Sonia da lembrança, a Sonia capaz de transformar tédio em alegria, capaz de despertar com sua risada as energias encerradas nas paredes da casa-grande. A Sônia que enraivecia os esnobes da família com a sua espontaneidade, a Sonia que não se incomodava de ser vista como interesseira, não ligava para os convites que não recebia, os cumprimentos negados e todas as tentativas de afastá-la de Nonato pela humilhação. Essa Sonia não estava presente no corpo dilacerado a poucos metros de Nonato. As pedrinhas continuavam batendo na água uma, duas, três vezes. Era um gesto mecânico, a mão conhecia o ângulo certo, a força correta. A cabeça de Nonato estava vazia de pensamento, não enxergava a noite linda que terminava. Tentava afastar Sonia de seus pensamentos, quase se arrependia de ter chamado a polícia. Sua memória não se lembrava de nenhum outro escândalo produzido pela família em quase duzentos anos no local. A família Carneiro era a nobreza da região, ancorada na figura do velho barão eternizado em estátua na praça da cidade. Quase duzentos anos sem ter protagonizado um escândalo. Isso também é passado. A partir de agora a família seria personagem da página policial do jornal. Suas misérias contadas como nunca foram. Histórias mantidas em conveniente segredo reveladas para a curiosidade popular.

Nonato sentiu a mão pesada de Joaquim Silveira, delegado da cidade, em seu ombro. Joaquim amigo de pescaria, de farra, de cervejada. Joaquim barrigudo, bigodudo, duro com os presos, com os guardas, com o mundo. Joaquim macio com os amigos. Joaquim olhou o cadáver sem falar muito. Ao lado dele um policial tirou umas fotos. O trabalho era feito sem pressa, uma função normal, sem emoção. Joaquim sentou-se ao lado de Nonato e não disse palavra. Esticou o corpo na grama, abriu os braços, espreguiçou. Parecia também não se emocionar com o cadáver de Sonia. Um policial terminou o serviço e chegou perto de Joaquim. Joaquim mandou que ele se fosse e o esperasse na delegacia com as fotos reveladas. Recomendou que ficasse quieto por enquanto, evitasse comentário. O policial se foi.

Joaquim perguntou displicentemente para Nonato, "e aí, companheiro velho, foi você?". "Não, quem achou o corpo foi o Toninho administrador do pesqueiro. Ele me acordou pouco depois da meia noite. Eu vim até aqui e o corpo já estava aí desse jeito. Não fui eu". "É uma pena... se fosse você, a gente dava um jeito, não tinha de investigar. Mas então vamos ter de investigar. Sabe, eu estou cansado dessa história de polícia. Que me importa quem matou quem... Olha, a ambulância já deve estar chegando aqui para levar o corpo. Vá para casa, descanse e, depois do almoço, apareça na delegacia para depor. Pode ir que eu espero o carro". "Eu vou andar um pouco pelo mato, estou meio perdido", disse Nonato em voz baixa, quase não dava para ouvir. Seus olhos procuraram os de Joaquim. Os dois amigos se encararam em silêncio por segundos. Depois se abraçaram. A ambulância encontrou os dois em silêncio, abraçados como meninos.

A ambulância parou ao lado do corpo de Sonia. Para surpresa de Joaquim, além do motorista vieram um fotógrafo e um repórter da Gazeta. Antônio, o motorista, antecipou logo a pergunta, "delegado, eles estavam no hospital por causa de um desastre de carro, viram eu sair e vieram junto...". "Calma, delegado, o Tonico não tem culpa, a gente é que é metido e não podia deixar de cobrir uma história dessa... é verdade?". "Luís, é verdade, mas eu não quero escândalo até a gente descobrir o que foi que aconteceu". Luís olhou para Nonato e perguntou: "Sabe quem foi, Dr. Nonato?". "Não, Luís, eu só sei que não fui eu, veja lá o que vai publicar". "Fique tranquilo, eu não estou aqui para me aproveitar... eu gostava muito da D. Sonia e estou muito triste... ô Rafael, tira umas fotos e vamos embora". "Dr. Nonato, como encontrou o corpo?". "Não fui eu, foi o Toninho. Fale com ele". "Mas não vai publicar foto mostrando as mordidas dos peixes. Isso é desrespeito e eu não vou deixar. Cobre o corpo dela".

Luís se afastou para falar com Toninho. Os flashes tornavam o cadáver ainda mais macabro. Terminadas as fotos, Rafael ajudou o motorista a colocar o corpo na ambulância, chamaram Luís e se foram.

Depois que a ambulância partiu com o cadáver de Sonia, Nonato voltou para o quarto. Desistiu de andar. A saudade de Sonia veio aos poucos. A indiferença deu lugar à tristeza, a frustração. Sonia agora tinha partido mesmo, não fazia mais sentido esperar vê-la de volta. Nonato sentou-se na cama centenária. Nela nascera ele, seus dois irmãos e seus 12 tios. Nela fora parida toda família, a cama tinha enfrentado 15 partos, sem contar os filhos que não vingaram. Sua mão fechou-se vazia, sem carne para apertar. Seu olfato ainda procurou um pouco pelo cheiro de Sonia, mas nada mais havia no quarto que fosse de Sonia. A morte de Sonia libertou a saudade reprimida. Ela estava morta e ele podia sentir saudades. Ele não conseguira sentir saudade de quem o abandonara, o deixara, se fora sem adeus. A morte de Sonia tornou a saudade possível e o sentimento veio com tanta força que doeu. Sentiu o peito curvar de dor. O coração apertado, apertado, apertou a alma até extrair o choro. Silencioso a princípio, logo tomou força, se transformou em urros atravessou as largas paredes, ganhou o campo, se perdeu no pomar, no lago, no vasto campo verde.

Joaquim não tinha pressa em abrir o inquérito. Esse ia ser um trabalho difícil, com o prefeito em cima, o jornal da cidade em cima, a cidade toda comentando e querendo saber o culpado. O escândalo abafado por anos, o caso de amor da Fazenda Rio Doce, finalmente seria comentado em voz alta. Era difícil acreditar que Nonato não matara Sonia. Essa é a lógica da vida e dos folhetins.

Ele mesmo tinha que se esforçar para acreditar no amigo. Ele nunca dissera ao amigo o destino de Sonia. Temera exatamente esse desenlace. Depois da partida de Sonia, Nonato fizera de tudo para descobri-la. Oferecera recompensa, contratara detetive particular e passara dias e dias dentro da delegacia obrigando Joaquim a disponibilizar detetives para procurá-la. Com a falta de notícias foi esquecendo, se conformando, até mudar de assunto, parar de falar nela. Joaquim sabia que o sentimento fervia dentro de Nonato, amor e despeito junto, uma mistura que a polícia conhece e teme.

A pequena estrada desembocava na avenida principal de São João Crisóstomo. Joaquim morara toda a vida em São João. Conhecia a cidade inteira. O sol já estava forte. As pessoas saiam de casa e logo estariam sabendo do crime. Que crime? Bem, o jornal já estava na banca com a manchete bem grande: “Crime na Fazenda Riacho Doce”.

OTAVIO

Don Geraldo deve ter pouco mais de um metro e sessenta de altura. Tem a cabeça raspada como todo beneditino. Foi meu professor de religião, cuidou de minha alma quando eu era jovem e hoje é meu conselheiro espiritual por assim dizer. Por assim dizer porque eu não falo muito com ele. Fico mais de ano sem procurá-lo. Às vezes, no entanto, a vida pesa e não há outro jeito. Apesar dos anos de convívio eu continuo o tratando por Dom e por senhor.

Pois é, Dom Geraldo, eu estou com isso há meses. Eu nem sei se é pecado ou o que é. Mas eu sei que ninguém pode, deve viver assim. Eu todos os dias quando rezo peço para Deus levar-me daqui logo. Eu estou muito cansado disso tudo, eu já fiz tudo que era para fazer, eu não acho mais graça em nada. E nem há tanto assim para me queixar. Eu sei que sou um privilegiado, tive escola, família, mãe, pai, tudo certinho. Eu tenho um bom emprego, sou querido, tenho filhos, tenho mulher que me ama, mas é isso, na hora de rezar eu, quando percebo, estou pedindo para Deus me levar, acabar com isso logo.

Isso? Isso é a sua vida, é essa graça que você tem de estar aqui comigo agora, de fazer parte da natureza, do mundo... Você sabe, a gente desanima muito mesmo, você pensa que é só você, mas é muita gente que desanima no meio do caminho, perde a fé sem saber porque. Eu não tenho nenhuma grande resposta para lhe dar, se é o que você veio me procurar. Nada que você não encontre na Bíblia, em Jó, nas cartas de São Paulo.

Dom Geraldo, não vim aqui procurar uma resposta, vim aqui conversar um pouco, nem eu mesmo me conformo com isso, eu acho que estou doido, para falar a verdade.

Otavio talvez seja mais um caso de egoísmo do que de loucura. Você não pode ver o mundo como se ele existisse apenas para lhe agradar, como se o mundo fosse um parque de diversões e você pudesse escolher a hora de deixar os brinquedos e ir-se embora. Não é assim. Você tem que viver com generosidade, você tem que estar aberto para as propostas da vida, as possibilidades da existência, tem que achar o seu caminho para a felicidade junto com todos que estão agora vivos, nada foi feito para você, para o seu gozo. A vida em si não tem sentido, você é que dá sentido à vida quando ama ao mundo, as pessoas e a você próprio. Mas isso você só vai conseguir se você parar de se achar o centro do mundo, se você entender a palavra de Cristo e dos profetas, se você compreender realmente a paixão de Cristo, que mostra como encontrar o caminho para Deus passando pelo calvário carregando a cruz, sendo maltratado, humilhado, torturado e finalmente encontrando o caminho até Ele no meio desse sofrimento. Pense na paixão, Otavio. Vá para casa, leia Marcos, leia Paulo, Anselmo, reaprenda a amar o mundo, a ser católico.

A última coisa que eu tinha vontade de fazer era ler a Bíblia. Ler a Anselmo, como era mesmo a coisa, eu quero crer para entender, não quero entender para crer. Acho que é isso..., mas o que eu poderia esperar de um padre, de um monge? Olhei para o pátio em frente à Igreja majestosa, respirei fundo, agarrei as mãos de Don Geraldo e as beijei. Levantei os olhos até seu rosto, até seus olhos azuis frios que me olhavam sem me compreender. Como um homem religioso pode entender um homem que perdeu a fé? Levantei-me. Dom Geraldo abençoou-me. Rezamos uma Ave Maria e um Pai Nosso juntos. Caminhei até meu carro, abri o porta-luvas peguei o cantil e dei um bom gole de whisky.

Eu não tinha falado a Dom Geraldo sobre a prisão da Gildinha. Ele a batizara e eu, quando pensei nele, tinha sido mais para ela do que para mim. Queria levá-lo até a prisão para falar com ela. Quando dei por mim, estava falando de meus problemas. Talvez o meu problema fosse o egoísmo, Dom Geraldo estava certo. Egoísta eu podia ser, mas não me sentia assim no momento. Afinal, cá estava eu perdendo meu tempo trazendo Ricardo até a filha que ele havia abandonado e o ajudando a cuidar dela. E depois havia o meu casamento com Ângela. Se eu fosse egoísta mesmo, já teria acabado com isso há muito tempo. Eu não amava Ângela há muito tempo. Eu amava a uma outra mulher mais do que a amava há muito tempo. Se eu estava com Ângela é porque eu pensava nela, eu era grato pelo casamento feliz que tínhamos formado por anos e porque sabia que ela não tinha culpa e não era a causa do meu desamor. Eu não posso dizer que estou com ela por caridade pois não é verdade. Também não é por medo de largá-la, nem por qualquer dificuldade financeira que o divórcio possa me trazer. De mim para mim, no fundo da noite, eu sei que eu estou com Ângela por bondade. Por pura bondade. E, Dom Geraldo, isso não é coisa de egoísta.

Agora tinha a história de Nonato. Como era estranho a Sonia ter surgido morta no lago da fazenda dele como se fosse um zumbi de um filme barato de terror. Eu nunca tinha entendido muito a atração de Nonato por Sonia. Sonia nunca fora aceita pela família dele e pela maioria de seus amigos. Ninguém entendera como ele podendo se casar com quem quisesse havia escolhido uma garota de programa. Uma garota de programa que já saíra com quase todos os seus amigos. Nonato é um cara fechado e nunca deu explicação para nada. Quando viu que seus amigos não queriam conviver com Sonia, ele simplesmente afastou-se deles. Com o tempo os amigos foram voltando, mas a família não quis nunca conversar com ela. O custo social do casamento foi enorme. Não conseguiu destrui-lo porque ele é um craque para ganhar dinheiro. Com o tempo reconciliou-se com todo mundo, o Nonato não é do tipo que guarda mágoa. A não ser a mágoa que ficou quando Sonia o abandonou com um bilhetinho mal escrito deixado em cima da cama: "Nonato eu vou me embora, eu fui me embora. Não me procure. O terno que você pediu para consertar chegou e eu pendurei no armário. Sonia".

Eu li esse bilhete. Eu e Ricardo, ele fez questão de nos mostrar. Ele andou com o bilhete na carteira mais de ano. Dizia que iria encontrá-la e fazê-la comer o bilhete debaixo de porrada. Pagou detetive particular, pagou policial, mas nunca conseguiu uma informação sequer de Sonia. Ela deixou os cartões de crédito, os talões de cheque, as joias e sumiu. Passado um tempo ele começou a pensar que ela enlouquecera e mandou procurá-la em todo asilo, hospício possível. Nada.

Nonato telefonou ontem para dizer que vinha passar uns dias comigo e com Ricardo. Contei da Gildinha e ele disse que viria assim mesmo, que a gente estava mesmo na hora de um reencontro. De preferência uma suruba para lembrar os velhos tempos.

NONATO, RICARDO E OTAVIO

Desde sua chegada, Nonato insistia que Ricardo e eu fôssemos com ele para umas termas no centro da cidade. Eu não estava com muita vontade, mas podia ser engraçado. A conversa com Dom Geraldo me deixara completamente desanimado e decidi que precisava me distrair. Liguei para o Ricardo, ele topou. Disquei para o Nonato e confirmei o programa para a noite.

De nós três, quem mais gosta de puta é o Nonato. Sempre foi assim, desde que a gente começou a se preocupar com mulher, o Nonato foi o mais putanheiro. Ele foi quem demorou mais a arrumar namorada, ele não achava graça em ficar de conversa com menina, ficar de bobeira horas até conseguir um sarrinho decente. Nonato preferia ir a um puteiro e se divertir com as garotas de lá.

Bonito, de corpo bem feito e com uma aparência que não escondia o berço de ouro, Nonato era o sucesso da zona e a turma fazia fila para subir com ele para os quartos. Logo conheceu uns dois serviços de call girls e nem mais à zona ia. Por telefone mesmo, encomendava as meninas para a suruba que ocorria ou na enorme casa de seus pais no Leblon ou na casa da Praia da Armação em Búzios. Eu e o Ricardo íamos na onda e nos divertíamos muito. Mas o motor do bacanal sempre foi o Nonato.

Assim, nada mais lógico que o Nonato resolver promover uma farra para comemorar o nosso reencontro. A princípio a ideia parecia estranha. Ele, Nonato, ainda estava na ressaca da descoberta do corpo de Sonia, Ricardo tentava salvar o que desse da Gildinha e eu... bem, eu continuava no meu whisky de cada dia e sem nada para festejar. Mas quem foi que disse que se precisa de muito motivo para ir às putas? Felizmente é necessário só tesão, dinheiro no bolso e um pouco mais de duas horas para gastar. Assim, sem muita vontade e sem muita discussão partimos os três paras as termas.

Eu nunca me acostumei com esse ritual das termas de se tirar a roupa, vestir um roupão e ficar passeando pra lá e pra cá no meio do salão das mulheres. É meio ridículo. Agora, não há nada melhor do que estar vestido só de roupão na hora do sarro. As meninas chegam, vão se encostando, você sente o calor das bundas e coxas passando pela flanela ordinária do roupão e chegando no seu corpo. Quando percebe está enganchado com uma, com duas, beijo pra lá e pra cá, as duas se sarrando e você sarrando as duas. Muitas vezes é a melhor parte do programa. Comigo mesmo já aconteceu de depois de passar uma ou duas horas enroscado com as putinhas terminar subindo só para cumprir tabela. Porque não é justo você ficar ocupando as mulheres no salão, não subir e as meninas não faturarem nada.

Bom, mas isso é quando eu vou sozinho, porque com o Nonato no grupo ninguém tem sossego.

— Ô, Otavio, você tem que dar uma graninha logo de saída pra animar a mulherada, cara. Porque depois não adianta dar gorjeta, já foi, elas não podem fazer nada por você. Então ali na hora do amasso você já promete uma graninha a mais, cara. Facilita. Você pode inventar qualquer sacanagem que não vai ouvir não, vai sair o que você quiser. Tem que falar a língua delas, cara.

O Ricardo gosta de namorar puta. Eu não sei que tanto assunto ele arruma pra ficar falando com elas. Pega na mão, fica juntinho, troca beijinho, elas riem, parece até namoro de portão. Para o Ricardo as putas fazem o mesmo papel dos cabeleireiros e manicures para as mulheres.

São suas confidentes. Eles estabelecem de imediato uma intimidade com elas que permite repartir seus segredos e confidências. Ricardo transforma as meretrizes em gueixas, solta suas mágoas, seus sonhos, revela seus medos certo de que dali não saem.

Eu não tenho uma opinião formada sobre puta. É bom você ter por umas horas uma mulher que não reclama, acha você lindo e o seu pau gostoso. E, o melhor, você sabe direitinho quanto isso vai custar, está tudo combinado, negócio feito. Esse é o lado bom. Você escolhe uma qualquer — hoje eu quero uma pretinha, hoje eu quero uma loirinha, hoje eu quero uma gordinha, hoje uma mais velhinha, não há problema, estão todas lá sorrindo para você. Umas são escrachadas, outras fazem tipo de quem não sabe como chegou nessa vida, umas são engraçadas outras são mais objetivas. Todas chupam e trepam como pouca mulher fora da profissão sabe fazer. Mas aí começa o meu problema com elas. Eu gosto de fazer a mulher gozar e não gosto tanto quando uma mulher quer que eu goze. E é o que as putas querem, que você goze logo, caia fora e dê lugar para o próximo da fila. Parece que você foi ordenhado.

Muito diferente é o Nonato: Ô, Otavio, eu levo mulher pra o cinema, praia, Nova York, o diabo, agora, porra, essa história de levar até o orgasmo é muito chata... Para com isso. Nonato falava e ria e não tinha como você não rir junto. O Nonato é um cara assim, ele fala a maior barbaridade e na voz dele parece normal. Ele tem esse talento de propôr a maior indecência como se estivesse convidando para ir à missa.

Eu olhei o Nonato encarapitado no bar das Termas. Ele estava de roupão sem cueca e o cacete aparecia de vez em quando. Uma mulatinha bunduda se esfregava nele enquanto ele beijava uma falsa loura baixinha com cara de miss Méier. De vez em quando ele as abraçava e as fazia beijarem-se na boca. Nonato ria e entrava no beijo das duas.

Nonato saiu do bar e foi puxando as duas meninas até uma pequena sala quadrada mobiliada com sofás e uma mesa redonda ao centro.

Sentou-se com elas em um dos sofás. Olhou bem para a mulatinha e a dispensou com um beijinho na boca. A moça se levantou sorrindo, Nonato passou a mão na miss Méier e a colocou bem agarrada a ele.

— Como é que você se chama?

— Kelly.

— Dou mais cem reais pra saber seu nome de verdade.

— Celeste. Maria Celeste.

— Celeste basta. Nome bonito. Você é do Rio?

— Não, sou de Nogueira, perto de Petrópolis, você conhece?

— Conheço, vou muito lá comer as empadinhas do Pão-Pão.

— Isso aí...

— E, então, faz tempo que você vem aqui?

— Uns seis meses... foi minha irmã quem me trouxe.

— Ela trabalha aqui?

— Trabalha, mas já foi.

— Vocês fazem programa juntas?

— Fazemos.

— Ela é tão bonita quanto você?

— É, é mais até eu acho.

— Por que você não telefona pra ela vir para cá? A gente sobe os três pra cabine.

— Agora não vai dar, ela já subiu a serra, ela trabalha só até a hora do almoço.

— Porque ela é casada?

— É, é casada sim, ela desce com o marido que trabalha na cidade e sobe no almoço pra casa.

— E ele sabe que ela trabalha aqui?

— Ele pensa que ela é vendedora de cosméticos... Ela é mesmo, mas só que prefere vir para cá. Dá mais dinheiro.

Nonato passava a mão pelo traseiro de Celeste, puxava o fio do biquini escondido entre as nádegas, passeava o dedo pelo rego. A carícia nada tinha a ver com a conversa, ele a massageava como se ela fosse um animal de estimação. Talvez porque estimulada assim, Celeste deixava o corpo cair por cima dele como se os dois fossem íntimos, se conhecessem de sempre e não há poucos minutos. Celeste escorregava a mão por baixo do roupão de Nonato e o masturbava com delicadeza, deixava a palma da mão passar sobre a glande, puxava a pele para trás e voltava. Nonato poderia passar a tarde assim nessa antecipação do gozo, sentindo a pele suave da mão de Celeste passando por seu pau duro. Era um carinho, era um serviço, um atendimento feito com classe, o toque certo, a força certa para mantê-lo excitado, mas sem gozar.

— E você é casada também?

— Não, eu não sou não, Deus me livre...

— Por quê?

— Porque não sou. Nunca encontrei ninguém pra me casar...

— E sua mãe?

— O que tem ela?

— Ela sabe que vocês trabalham aqui?

— Minha mãe já morreu faz tempo.

— A minha também já morreu faz tempo.

— Minha mãe morreu de pancada. Meu pai descobriu que ela estava namorando um vizinho. Chegou em casa pegou um pedaço de pau e encheu minha mãe de porrada.

— Você viu?

— Tudinho.

— Você tentou parar ele?

— Pior que não. Eu fiquei lá parada chorando enquanto ele a matava de cacete. No dia seguinte saiu no jornal. Eu tenho o jornal guardado até hoje. E a sua mãe como foi que morreu?

— De cacete também...

— Seu pai também deu uma surra nela?

Não foi preciso, ela se matou antes disso. Mas ela não traía papai, ele é quem traía ela. Mamãe começou a beber gin. Eu chegava em casa do colégio e sentia o cheiro doce do gin. Um dia a escutei falando com ele de noite. Artur, por que você não me procura mais? O que você encontra na rua que eu não tenho? Diga, meu amor, peça que eu faço com você... Eu sou sua mulher, você se lembra? Meu pai resmungou algumas coisas, mandou-a de volta para cama, desceu as escadas depressa e foi para rua. Eu corri até o quarto de mamãe e ela estava lá parada em frente ao espelho com o copo na mão. Era uma mulher bonita. No dia seguinte quando eu cheguei do colégio fui até o quarto dela e a porta do banheiro estava aberta. Entrei e vi o seu corpo na banheira cheia de água ensanguentada. Quando meu pai chegou encontrou-me ali sentado no banquinho do banheiro. Ele me abraçou e chorou. Eu dava pontapés nele, mas ele não reagia, somente me abraçava e chorava... Celeste, pega a chave e vamos subir, vamos fuder gostoso, tá?

Ricardo chegou na sala junto com uma loura novinha.

— E aí, Nonatão, vamos subir juntos? A Leila me disse que gosta muito da Kelly, vamos subir e montar uma suruba com as duas.

— E o Otavio?

— Sei lá onde anda ele, vai ver já subiu.

— Ele não iria subir sem falar com a gente. Ele deve estar por aí, de repente está na sauna. A última vez que eu o vi, ele tava abraçado com uma neguinha. Ele gosta de whisky e de preta. Não sei por que se casou com a Ângela tão branquinha. Vamos esperar, é sacanagem a gente deixar ele aqui sozinho, a gente veio pra se divertir juntos.

— Olha ele lá com a pretinha, eu vou chamá-lo.

A minha pretinha já estava meia cheia de mim. Eu não parava de beber desde que chegara, a essa altura era evidente que eu não iria fazer muita coisa além de blá-blá-blá. De modo que se animou com a chegada do Ricardo.

— Otavio, vamos subir todos lá pra suíte. Pega a tua menina e vamos lá. Como é que você se chama meu amorzinho?

— Denise.

— Denise...? Vá lá, Denise, chama mais uma amiga aí e vamos subir. Otavio vamos nessa que eu não vim aqui conversar.

Era um quarto grande, tinha espelhos para todo lado, no teto e no centro do espaço reinava uma grande cama redonda. Além da cama tinha uma poltrona grande e desajeitada. A luz estava baixa e ajudava a esconder o quanto o cômodo estava gasto. O banheiro era pegado e tinha uma banheira de hidromassagem, um box com chuveiro, uma pia e uma privada. A Denise convidara mais uma menina que era feinha, mas com um traseiro descomunal. Estava tudo certo. Tudo menos meu pau que dava sinais evidentes de que estava de folga. Denise me abandonou sentado na poltrona e foi se agarrar com a Leila. Ricardo e Nonato se revezavam cobrindo todos os buracos disponíveis ali em cima da cama. Eu fiquei batendo uma punheta com pau mole. Lá pelas tantas a menina que a Denise trouxera ajoelhou-se na minha frente e começou a me dar um boquete. O calor de sua boca foi animando meu pau. Lentamente ele subiu. Ela montou na poltrona, ficou de cócoras em cima de mim e começamos a trepar. A pretinha se animou e chegou na festa, começou a lamber o meu saco. O tesão era insano, o whisky despareceu do meu corpo, eu arquejava ao ritmo das duas. Senti a porra chegando até sair feito uma doideira. Eu gozava tanto que doía. O pau amoleceu, a menina saiu de cima de mim, a pretinha voltou para cama redonda e foi transar com o grupo. Senti o suor no corpo todo. Putas!

Acordei com a água fria do chuveiro caindo por cima da minha cabeça.

Aí, Otaviozinho, não pode dormir em suruba, meu irmão. Cu de bêbado...

Vai te foder ô, Ricardo, porra.

A cabeça doía um pouco, o whisky devia ser falso. Levantei os olhos e vi o Nonato na banheira com duas. Eu já estava com vontade de sair, mas a coisa ia demorar, os dois ainda tinham pau pra muito tempo.

OTAVIO

Estávamos o Waldir, eu e o Vasco preparando a reunião com o pessoal do PDCS. Era um partido cheio de dinheiro fruto de venda ao governo dos votos de seus poucos deputados. Tinham conseguido também amealhar uma pequena fortuna sendo diretores financeiros de uma estatal de energia e de um fundo de pensão do governo. Dinheiro bom, grosso, que enriquecera o presidente do partido e seus cupinchas e ainda sobrara para pagar uma boa campanha eleitoral neste ano.

Apesar do mau humor dos dois eu tentava manter a reunião produtiva. A conta era minha, a agência abrira uma subsidiária para tratar só de política sem misturar seus clientes privados com essa confusão e me convidara para tocar o negócio. A verdade é que todos nós tínhamos um certo pudor de trabalhar em campanhas políticas. Por outro lado, elas rendem bem, garantem boas contas se o nosso candidato vence ou pelo menos sai fortalecido e é possível trabalhar nisso sem virar criminoso. Agora, vá convencer o Vasco que criar anúncios para candidatos é tão bom quanto vender sabonete. Ele não aceita. Para ele é um sacrifício perder seu tempo examinando as peças criadas pela dupla que nós contratamos só para o marketing político. Ler e analisar as pesquisas de voto era outro parto, mas disso eu me desincumbia e ia passando as informações já filtradas para a turma.

— Vasquinho, vamos lá dar uma olhada nessas fotos para o cartaz. O Oberdan está com uma cara de coveiro, de vampiro.

— Otavio, ele é um coveiro, um vampiro, você não percebe? O que você está vendo é ele. Retrato é foda.

— É, e o Rock Hudson?

— O que tem ele?

— Tremenda bicha e a mulherada desmaiava só de ver o cartaz no cinema.

— Otavio, você tem que aprender a respeitar os outros, sabia? Mas o Oberdan evidentemente não é o Rock Hudson e o fotógrafo não é o Avedon.

— Bem, mas com essa foto a gente não vai longe. Tem que contratar um estilista para dar um jeito na figura do Oberdan e um fotógrafo que saiba melhorar o cartaz, encontre um enquadramento melhor. E um di-re-tor de cri-a-ção que capriche.

— Pode deixar que eu faço isso, agora você consegue convencê-lo a mudar penteado, essas coisas?

— Deixa comigo.

Waldir estava preocupadíssimo com o aspecto comercial da campanha. Nós até agora somente tínhamos trabalhado em campanhas políticas como complemento de serviço a clientes de propaganda. Ou seja, a gente tinha a conta de um banco do governo, um dos diretores do banco se lançava candidato a qualquer coisa e a gente o apoiava na campanha a fim de continuar na conta do banco. Agora era diferente, as nossas relações com o Tuiuti eram mais profundas e ele tinha pedido para organizarmos uma equipe para tratar só dos candidatos de seu partido. Depois de muita conversa tínhamos aberto essa outra agência para atendê-lo.

— Otavio vamos ver como é que a gente recebe desses caras. Tem que ser dinheiro na frente, pelo menos o dos custos. A gente começa, dá um empurrão na campanha e a partir daí eles têm que pagar tudinho antes. Senão é aquela encrenca depois. Se perder não tem dinheiro porque perdeu, se ganhar fica importante e também não quer pagar.

— Waldir, não se preocupa. Está tudo direitinho. Você vai ver que eles já vão chegar aqui com a mala cheia. Esse pessoal está rico.

— Caramba, eu não devia ter comido tanto no almoço. Estou com uma azia tremenda. Eu vou deitar no sofá, você me arruma um sonrisal?

— Claro Waldir, deita ali na salinha que eu peço a Norma para te avisar quando eles chegarem.

Passei pelo Vasco e dei uma olhada na tela do computador dele. A foto já tinha melhorado muito, o Vasco tinha milagrosamente arrumado o rosto do Oberdan, retirado o brilho do óleo da pele, suavizado o amarelo dos dentes e, não sei como, feito alguma coisa no olhar dele que o colocara mais simpático. Dei um beijo na careca do Vasco, que preferiu não notar, e fui dar uma caminhada. Eu tinha que me acalmar antes da reunião. Dei um bom gole de whisky do cantil e segui para rua.

Ipanema estava uma festa. Os turistas se misturavam com os cariocas, a gente escutava espanhol, inglês, português, italiano e carioca tudo junto. Gente de férias, de roupa de praia, cruzando com quem estava trabalhando e também com quem estava roubando. De repente um grito, olho para trás e lá está o moleque correndo entre os carros com uma máquina fotográfica nas mãos. Um casal de turistas gordos tenta persegui-lo enquanto grita para ver se alguém acode. A cena tem lá sua graça, eu quero torcer pelos turistas, mas acabo não me importando quando o garoto some no meio dos carros. O casal para de correr e volta para a calçada com a decepção no rosto.

Entro em um café e ordeno um expresso duplo. A xícara chega perfumada. Dou um gole no líquido quente e esvazio um pouco a xícara. Preencho o espaço com whisky do meu cantil e agora sim saboreio. Ao meu lado duas meninas lindas conversam e riem. Ouço um pouco do que dizem e compreendo que são namoradas. Não me incomodo. Olho o relógio e é hora de voltar para a agência e receber o pessoal do PSCD.

Passo pela sala da Norma e peço para ela chamar o Júlio e a Mariana que vão participar da reunião. São dois novos na equipe e eu não os conheço bem, é gente do Waldir. Um é um sociólogo e a outra é uma jornalista. É quem me preocupa. Eu não gosto dessa história de ex-jornalista. É igual a ex-polícia. Quando a gente vê volta para o jornal e leva todos os segredos que viu e testemunhou. Jornalismo é meio doença incurável, ninguém deixa totalmente. Essa menina tinha esse perfil. Tinha trabalhado sempre em política, coberto campanhas e um prêmio Esso no currículo. Quando a entrevistei me disse que estava cansada de redação, de trabalhar demais e ganhar pouco. Tinha um curso de mestrado de jornalismo político na faculdade de Navarra. Queria aumentar seus horizontes profissionais e tá-tá-tá. Podia ser isso, podia ser também que ela estivesse ali escrevendo uma outra matéria, buscando um outro prêmio Esso. Enfim, em poucos minutos ela ia entrar mesmo no jogo e ver com quantos paus se faz uma canoa na política brasileira. O Waldir garantia que ela era legal. Eu perguntei se ele dormia com ela para ter essa certeza toda. Ele mandou-me a merda, fez-se de ofendido e eu resolvi aceitar Mariana na equipe.

Ela e Júlio entraram ao mesmo tempo na minha sala. Eu os sentei na pequena mesa circular e expliquei que essa era a primeira reunião oficial com o partido. Basicamente nós íamos apresentar a equipe e descrever as funções de cada um. Depois íamos apresentar o plano de ação para os próximos 30 dias que consistia em uma pesquisa de opinião para aferir a popularidade do partido e de seus candidatos principais, redação do que seria o mote da campanha, design das peças publicitárias, levantamento de mídia nos estados. Não iríamos além disso. O importante era ouvi-los bem para entendermos o que eles necessitavam prioritariamente. Quais os candidatos eram para valer, quais os que estavam ali só para ocupar espaço a ser vendido no decorrer da campanha. Eles aceitaram os meus argumentos sem muitas perguntas. A Mariana olhada de perto era bonitinha. Precisava cortar o cabelo, não tinha mais idade para usá-lo comprido. O Júlio tinha cara de professor, vamos ver como se sairia.

O interfone tocou. Era Norma avisando que o pessoal estava subindo. Lembrei-me do Waldir dormindo na sala ao lado. Passei pela minha mesa, pequei um copo d'água e fui despertá-lo. Entrei na sala e subi a persiana para ver se a luz o despertava. Nada. Fui até o sofá e balancei seu corpanzil. Nada. Olhei bem e vi que não respirava. Busquei seu pulso. Nada. Joguei água gelada em seu rosto. Nada. Realizei que estava morto quando abri com os dedos um de seus olhos e ele não reagiu. Sentei-me na ponta da cama e refleti sobre o que fazer. Os políticos já deviam estar na recepção a essa hora aguardando o meu convite para entrar na sala de reunião. A morte do Waldir iria com certeza criar um efeito horrível, eles talvez nem voltassem a conversar conosco. Mexi de novo no corpo e nem sinal de vida. Levantei-me, passei pela porta e a tranquei. Fui até a minha sala e o interfone já estava tocando.

— Otavio, o pessoal já está aqui na recepção.

— Norma, leva eles para sala de reunião. O Waldir não está passando bem e pediu para ficar dormindo aqui no sofá. Não deixe ninguém o perturbar quando terminar a reunião eu cuido dele, entendido?

— Está certo, ele não quer um copo d'água?

— Não, ele pediu para dormir. Deixa ele quieto, se precisar de alguma coisa ele pede.

Showtime!

— Dr. Tuiuti, até que enfim o sr. nos dá prazer de vir ao nosso escritório! Deputado Padim! Presidente Oberdan! Hoje é dia de festa aqui nessa agência, vamos nos sentar. Olhem, o Waldir vai chegar atrasado, ele teve um problema com o voo. Mas a gente começa e ele pega quando chegar, não é assim?

— Você manda Otavio, somos só ouvidos. Estamos ansiosos para conhecer as suas ideias.

— Então deixa eu apresentar logo a vocês o Júlio Vargas e a Mariana Gonçalves, que vão ser o coração e o cérebro da nossa campanha. A Mariana vocês todos já conhecem de suas matérias nos jornais e o Júlio é sociólogo e tem no currículo inúmeras campanhas no Brasil e em outros países. Junto com o Waldir e comigo nós vamos cuidar da inteligência da campanha do partido. Daqui a pouco eu vou chamar o pessoal de criação para vocês conhecerem também. Agora, eu queria passar a palavra a vocês para nos explicarem qual a visão que têm sobre a eleição, as chances do partido, enfim, o que vocês esperam de nós mais objetivamente.

O Oberdan começou sua lenga-lenga e eu fingia que escutava enquanto meu pensamento ia até o Waldir morto ali ao lado. Eu devia minha carreira na propaganda ao Waldir. Ele me dera a oportunidade de descobrir a profissão quando eu já me acreditava um inútil animador de festas. Ele me ensinara os macetes do atendimento publicitário, de cativar o cliente, conseguir da criação e dos demais setores da agência adesão para as contas que a gente defende, saber apresentar a campanha e a cobrar a conta. Ele me ensinara a canalizar a minha excelente cultura geral e inútil para o negócio da publicidade. Ensinara-me a conviver com o alcoolismo em bases razoáveis. Waldir era o pai de verdade que eu não tivera. Ele era primo de Ângela e me dera o emprego para que eu pudesse me casar com ela. Eu passava por um transe, tinha vontade de interromper tudo e avisar a morte dele, mas via que não havia sentido nisso, o corpo dele podia ficar ali mais uma hora até terminarmos a reunião. Aí eu poderia desabafar e sentir a sua morte sem a presença dessa gente que nem sabia direito quem ele era.

— ...enfim, Otavio, a gente tem uma boa oportunidade de crescer nessa eleição, principalmente em Goiás, Mato Grosso, Brasília e Minas. A gente pode formar uma bancadinha de uns 12 deputados federais e fazer vários prefeitos. O partido está tomando forma e os grandões vão ter que conversar conosco mesmo em estados onde não somos muito fortes como no Rio e no Nordeste.

— Perfeito, presidente. A gente então vai formular uma primeira plataforma de campanha para vocês. É... Mariana, me faz um favor, pede para Norma ligar para o celular do Waldir e ver se ele atende e onde ele está. Conforme for a gente espera um pouco ou vamos para outra parte da reunião. E pede também para ela chamar o Vasco. Mariana levantou-se e foi falar com Norma. Eu olhei para o grupo a minha frente, respirei fundo e tomei força para continuar.

— Bem, enquanto não temos notícias do Waldir eu vou chamar o nosso diretor de criação para ele falar um pouco dessa parte. O Vasco Sousa é um diretor de criação premiado no Brasil e no exterior e conhece como ninguém a linguagem da comunicação, da TV, do rádio para chegarmos até o nosso eleitor. Escutei o telefone do Waldir tocando no quarto. Meu Deus, a Norma tinha tido um curto-circuito mental e ligara de verdade para ele. Ainda bem que a porta fechada amortecia o toque do telefone. Temi que a Mariana ou o Júlio resolvessem atender. É o meu celular, pode deixar ele tocar, depois eu vejo o recado.

Eu estava com a boca seca e todo meu corpo pedia um whisky. Finalmente o Vasco entrou na sala com um cavalete em que havia um cartaz tampado por um pano. Ele colocou o cavalete no centro da sala e de forma mais ou menos teatral descobriu a imagem. Surgiu um fantástico poster de Oberdan. Francamente dava para se votar nele até para presidente dos EUA. A sala ficou em silêncio contemplando aquela joia da propaganda política. Até eu me emocionei um pouco. Mariana estava simplesmente de boca aberta, seus olhos iam do cartaz até o próprio Oberdan ali presente e não criam em como ele se transformara de um franzino mameluco na poderosa figura no cavalete.

Uma imagem vale não sei quantas mil palavras e dessa vez valera também a conta. O cliente estava rendido. Tuiuti ria de orelha a orelha. A reunião descontraiu totalmente. Eu aproveitei e propus um drink de comemoração pelo início dos trabalhos. Ideia aceita, graças a Deus.

Norma entrou na sala para informar que o celular do Waldir não respondia. Eu quase a matei ali no ato, mas agradeci e disse para não se preocupar mais com isso. Os nossos amigos já estavam de saída, depois Waldir os procuraria.

Minutos depois da reunião encerrada e já com os nossos clientes rumando de volta aos seus problemas, sentei-me em minha sala junto com Mariana, Júlio e Vasco para analisarmos a situação. Eu tinha também que cuidar do Waldir, mas não sabia direito como. Escolhi a Mariana para resolver o problema. Era melhor ela ser protagonista nessa historinha macabra assim não sairia escrevendo bobagem...

— Mariana, por favor, vai até o quarto ao lado e vê se o Waldir já melhorou. Ele estava passando mal depois do almoço e preferiu ficar repousando para não aparecer com cara de doente para o pessoal. Faz esse favor, abre a porta, avisa que terminamos e vê se ele quer vir até aqui conversar conosco...

Eu peguei o meu cantil e dei um bom gole esperando o que iria acontecer. Mariana abriu a porta com cuidado e foi até o sofá onde Waldir estava deitado. Passaram-se trinta longos segundos até escutarmos o grito. Todos nos levantamos e fomos até lá. Encontramos Mariana lívida ao lado do sofá, mal conseguia falar.

Eu acho que ele está morto...

RICARDO

Eu não encontro Raquel há alguns anos. O meu casamento com ela se esgotou tão completamente que nós saímos da vida do outro sem deixar nada a resolver. Para mim foi um alívio partir. A última prova de amor que nos demos foi não nos procurarmos mais, foi entender a distância que está colocada entre nós e deixarmos assim.

Sobrou a Gildinha. Saindo da visita no presídio feminino estava claro para mim o quanto meu egoísmo e o de Raquel havia nos impedido de cuidar de Gilda. Ela foi sempre o resultado de um casamento que não deu certo e nós fomos muito orgulhosos para conviver bem com a prova de nosso desacerto. Quanto a isso pouco havia a fazer ou remediar. Gildinha tinha que ser solta e apoiada para continuar a viver. A primeira parte eu sabia o que tinha de ser feito para conseguir realizar. A segunda eu nem desconfiava. Eu só bebo, cheiro, fumo ou jogo quando me interessa. Eu não consigo imaginar o que é ser viciado em qualquer coisa. Eu sinto desprezo por quem não se domina.

Gilda me dera o número do telefone celular de Raquel. Eu estava com o meu aparelho na mão sem coragem para chamar. Seria escutar a voz de uma morta, visitar um fantasma, ressuscitar conexões desligadas, deletadas. Seria talvez iniciar de volta o caminho a um inferno de mágoas, incompreensões, traições e variadas misérias sentimentais. Ou pelo menos isso eu temia. Resolvi não chamar do taxi. Chamaria do quarto, com calma. Gilda me contara da visita de Raquel. Pela primeira vez vira a mãe chorar. Gilda terminara chorando também. Não sabia se chorara por si ou por solidariedade à mãe, me disse esboçando um meio sorriso. Quase chorei eu. Que família, que trio éramos nós. Resolvi deixar o sentimentalismo de lado e partir para o advogado. Tratar de soltar a Gilda e depois ver o resto.

— Joubert, você consegue tirar a Gilda da cadeia quando?

— Não dá para prometer nada, Ricardo. É complicado. A gente depende da boa vontade do juiz porque na lei ela está muito enrolada. Ela vivia com um traficante que fazia do domicílio do casal um esconderijo para guardar droga, também vendendo e entregando droga para viciados. Era uma boca de fumo, não tem como fugir disso. E a casa é de sua filha, está registrada em nome dela. Então...

— Venha cá, a Gilda nunca traficou nada, nunca cometeu um crime na vida. E esse cara tem um prontuário que parece um livro.

— Eu sei, mas a Gilda vivia com ele voluntariamente e sabendo do que se passava na casa. Pior, consumia a droga. É difícil para o juiz separar as coisas dentro da lei. Ele tem que julgar baseado no que ocorria de verdade, dramas pessoais tem pouca importância nessa hora.

— E se esse sacana assumir tudo por escrito não melhora?

— Se ele assumir tudo pode haver uma chance. Mas por que ele faria isso?

— Veja quanto ele quer e me diga.

— Vou ver e te falo.

Cheguei em casa e fui direto para o chuveiro tirar o presídio de cima da pele.

Servi uma boa dose de whisky de uma garrafa que o Otavio tinha me dado. Sentei-me no sofá e quando o copo estava no meio liguei para Raquel.

— Alô, Raquel?

— Alô, sou eu...

— Então... eu estou ligando por causa da Gilda, eu estive com ela hoje.

— Eu já fui visitá-la.

— Eu sei, ela me contou...

— É, ela me disse que o Otavio o tinha chamado... o que você vai fazer?

— Eu contratei um advogado bom e ele está vendo como tirar ela de lá. Parece que é complicado.

— Tudo da Gilda é complicado... mas você é bom nisso.

— Em que, eu sou bom no quê?

— Nessas confusões de lei, advogado, dar um jeito, você sempre soube resolver essas coisas...

— Tá certo Raquel, enfim, era só para você saber o que eu estou fazendo... eu estou nesse telefone... você me chame se quiser falar sobre a Gilda.

— Ok.

— Tchau então.

Essa é a Raquel, ou pelo menos é a Raquel que me cabe.

RAQUEL

Eu nunca vira Raquel tão bonita. Cabelo preto cortado curto, olhos escuros, um vestido que mostrava o corpo fantástico, magro e carnudo ao mesmo tempo, as coxas grossas, o busto cheio, o sorriso de dentes pequenos e perfeitos como pérolas naturais. E o jeito como ela se movia, andava pelo salão distribuindo sorrisos, afagos, beijos, Raquel estava radiante. Era o seu primeiro vernissage, seus quadros geométricos enchiam as paredes da galeria em Ipanema de cores e formas e sentia-se o seu talento e o sucesso chegando.

Eu estava com Ângela e com o meu whisky. Ângela estava também linda e cada vez que a olhava eu só pensava na sorte de estar casado com ela. Bonita, rica, inteligente e apaixonada por mim. Se casamento era sorteio eu tirara o grande prêmio, o que não me impedia de sonhar com Raquel logo alí, ao alcance da mão. Ricardo chegou sem que eu percebesse.

— E aí, gosta dos quadros?

— Muito, muito bonitos.

— Vai levar quantos?

— Reservamos um. A Ângela escolheu. Eu estava na dúvida, mas ela preferiu aquele azul ali no canto. Vai ficar legal lá em casa.

— Mas você não precisa pagar o que está na etiqueta, vou falar com o marchand para te dar um abatimento.

— Não esquenta, eu tenho verba para essas coisas. Eu recebo muito cliente em casa, tem que estar tudo em ordem.

— Isso aí, agência de propaganda multinacional é outra coisa! Eu que tenho que tocar meus negócios não tenho disso não.

— Está legal, Ricardo. Só na fusão daqueles bancos você deve ter tirado umas dez vezes meu salário anual.

— Mas, olha, vamos mudar de assunto, essa fama da Raquel não vai dar em boa coisa para mim não, sabe?

— Por que você está falando isso?

— A Raquel sempre foi independente, sempre foi difícil de segurar. Agora vai ficar impossível. E cercada de todos esses vagabundos desses artistas, não vai rolar.

— Deixa de ser machão cara.

— Não é isso não. São mundos muito diferentes, eu não consigo achar graça nessa gente e eles também não gostam de mim. Quando tem festa em casa eu sinto que estão esperando a hora de eu ir para o meu escritório para a festa começar, sabe como é?

— Relaxa cara, deixa disso. Você e a Raquel estão firmes, isso acomoda.

— E você e a Ângela, tudo bem?

— Maravilha, estamos bem.

Raquel chegou até nós. Deu-me o beijo de sempre no rosto e deixou a sua mão dentro da minha. Ricardo passou o braço por cima do ombro dela.

— Raquel, o Otavio e a Ângela compraram um quadro seu.

— Eu sei, a Ângela me falou. Eu disse para ela levar para casa, pendurar e ver se gosta mesmo. Se ela quiser outro a gente troca. Quadro tem disso, às vezes você vê na galeria, compra e quando põe na parede de casa ele não encaixa como você queria.

— Obrigado, Raquel, mas eu não tenho dúvida que é esse mesmo. É lindo.

— Vocês viram o Nonato? É muita cara de pau.

— Por que, Ricardo?

— Raquel, essa menina que está com ele veio de uma sauna. Você viu o jeito dela?

— Bonita, qual é o erro?

— Bonita é. Mas tem um jeito de putinha de sauna, tem até nome de puta.

— E desde quando existe nome de puta, homem inventa cada uma...

— É, Raquel, tem disso sim, não me pergunte por quê. Mas tem uns nomes que parecem predestinados: Sonia, Sueli, Sandra, esses nomes que começam com esse têm esse karma.

— Que besteira Ricardo. E eu não sei de onde que você conhece tanto nome de puta, sabe tanto desse assunto.

— Foi antes de conhecer você...

— Sei, nosso namoro começou você tinha 20 anos, só para organizar a conversa.

— Vamos parar com isso que a noite é de festa e os dois estão vindo para cá.

— E aí, pessoal, que festa bonita, hem? Parabéns, Raquel, eu nunca tinha visto seus quadros reunidos, estou impressionado com a beleza.

— Obrigada Nonato, não vai me apresentar sua amiga?

— Amiga, não. Minha nova paixão da vida inteira. Soninha, essa é a Raquel de quem já falamos.

Eu fui saindo sem falar, do jeito que se faz em coquetel. Fui atrás de Ângela que estava muito bonita para ficar solta na festa. Encontrei-a num grupinho de cinco pessoas. Três mulheres e duas mocinhas, dois críticos de arte comentando de boca mole as influências de Vassari e De Sotto nos quadros de Raquel. Aguentei o papo por uns minutos e fiz um sinal à Ângela para sairmos do grupo. Cheguei ao lado dela e senti o perfume. Ângela estava sempre perfumada, sempre cheirava a lavanda, parecia que saíra do banho naquele momento. Abracei-a e passei a mão em seus cabelos. Fomos nos afastando até o jardim de inverno. Ângela caminhava como um animal puro sangue, era toda firme, altiva, umas costas impecáveis e um traseiro alto e redondo que eu gostaria muito de proibir o mundo de olhar. Desci a mão até a cintura e ia baixá-la mais. Aqui não, seu safado! Demos meia volta, saímos da festa, pegamos o carro e fomos para cama.

A principal razão do meu casamento com Ângela é a maneira como nós nos amávamos na cama. Ninguém que visse Ângela na rua com seu jeito de aluna de colégio de freira poderia fazer a mínima ideia do que ela era capaz numa cama.

Ângela sempre me disse que era assim só comigo, que nem se imaginava com outro homem. No começo eu não acreditava, mas conforme nosso casamento foi piorando e percebi que Ângela não conseguia ver o mundo além do nosso casamento, comecei a crer nessa exclusividade da qual eu era beneficiário e escravo. Por essa época ainda me considerava apenas beneficiário do erotismo de Ângela, que não conhecia limites, que se expandia na cama em carícias e mais carícias de toda forma e tipo. Normalmente nós, depois de nos amarmos, silenciávamos abraçados até o sono chegar. Essa noite foi diferente, Ângela começou a conversar e para minha surpresa e preocupação o assunto era Raquel.

— Outro dia a Raquel passou por aqui a tarde e conversamos um pouco...ela tinha presença na bolsa e nós fizemos dois baseados. Você não imagina como a Raquel fala quando esta doida. Fala demais, conta coisas incríveis.

Eu esfriei. Era tão fora de hora para falar de Raquel que não podia ser de graça.

— Ela é louca, completamente desequilibrada.

— Por quê? O que foi que ela disse?

— Ah, eu nem sei se devia comentar com você, afinal ela é tão nossa amiga.

— Ângela, agora conta.

— Ela me disse que está de caso com um chofer de táxi, imagine.

— Como é que é? E o Ricardo?

— Pelo amor de Deus, Otavio. Só o que faltava a gente se intrometer no casamento deles... E eu nem sei se é verdade, ela tinha fumado, sei lá.

— Mas como é que é isso?

— Ela chama o cara pelo telefone e sai vestida como se fosse para a ginástica. Eles transam e ela volta para casa meio desarrumada como se voltasse da academia. Assim a empregada não nota nada e nem mesmo o Ricardo quando está em casa.

— Que loucura, eu não acredito!

— Pois é, veja você, logo a Raquel tão bonita, tão desejada, a gente vê nas festas os homens babando por ela... E, você sabe, mulher nenhuma gosta de homem que fica só olhando com olhar de cachorro pidão. Dá pena, dá nojo...

Eu não conseguia reagir. A história era uma provocação, ela estava rindo-se de mim também, era uma vingancinha ou uma coincidência? Eu odiava e odeio esse jeito feminino de chegar no assunto de forma oblíqua, de tentar pegar a gente desprevenido. Ângela era mestra nisso, era a rainha das mulherices, terreno no qual eu não sei dar três passos.

De qualquer forma a história me abalara, pouco importava se não fora contada para me atingir. Após anos sonhando com Raquel eu estava me sentindo um idiota total. Ângela me abraçava e repousava a cabeça em meu peito sem dar palavra. Eu a imaginava com um sorrisinho de satisfação no rosto por ter desmanchado minhas fantasias, mas isso era suposição minha e eu nunca iria saber.

— Otavio, você me ama?

— Claro, muito.

— Que bom...eu sou muito feliz com você. O sono chegou, eu vou dormir.

Senti o beijo delicado de Ângela em meu peito e em instantes a sua respiração diminuir. Ela dormia. Eu não dormi essa noite, imaginava até que ponto Ângela tinha contado essa história para mim porque tinha ciúmes de Raquel e sentia o quanto eu era atraído por ela. E, pior ainda, estava me sentindo um total idiota frente à Raquel, não conseguia me perdoar por todos os anos de desejo reprimido sendo manipulado por ela como se eu fosse um menino de calça curta.

A partir daí a minha relação com Raquel mudou. Eu continuei a sentir-me atraído por ela, mas o sentimento passou de desejo a raiva. A imagem dela com o taxista povoava meu imaginário e eu me pegava constantemente imaginando-a a entregar-se dentro de um taxi em um estacionamento. Resolvi seguir o conselho de Ângela e não falar nada com Ricardo, eu não tinha nada com isso, o casamento era dele.

Com relação a Ângela, eu dormi convencido de que ela fora indiscreta de caso pensado e espantei-me com a sua frieza. Era a revelação de uma Ângela que eu não conhecia. Eu percebia que as duas à sua maneira estavam manipulando meus sentimentos e que eu não possuía instrumentos para acompanha-las nesse jogo.

Finalmente adormeci e tive um pesadelo ridículo, em que Ângela e Raquel me perseguiam com agulhas de crochê.

NORMA

— Norma, como é que vai o maridão? Continua firme na chefia da sucursal?

— Sim, está tudo certo, por quê?

— Ele continua com aquele ciúme todo?

— Continua, ele vai morrer desse jeito. Por quê? Por que você está interessado nisso? Nem vem com ideia que não vai rolar nada. A gente já era, passado, décadas.

— Eu sei...

— Olhe, foram anos até você deixar de ser assunto em casa. Deus me livre de começar novamente. Nem eu sou tão boa, nem você vale a pena.

— Pô Norminha, também não precisa falar assim. Eu tenho uma boa saudade da gente. Mas, não é isso, embora você seja muito boa e eu valha a pena. É outra coisa. Eu estou precisando colocar um negócio no jornal.

— Esquece. O Jorge não vai te fazer favor nunca. Também é pedir demais, não acha?

— Norminha, ele não precisa saber que está me fazendo um favor.

— Otavio o que você está querendo... Você anda mesmo meio esquisito, o que que é?

— Norminha, a gente está ferrado, fudido mesmo. Quer dizer, eu estou ferrado e você como minha fiel escudeira vai junto. O negócio lá em Brasilia fedeu e se eu não correr muito eu não vou ficar sentado nessa mesa muito tempo, entende?

— Por quê? A conta lá do Ministério?

— Então, eu facilitei uns repasses de verba de campanha política pela agência e agora apareceu uma investigação que vai chegar nisso. Quando chegar vai todo mundo tirar o corpo fora e eu vou dançar bonito.

— Mas não estava todo mundo sabendo?

— Pois é, mas só quem estava comprovadamente sabendo sou eu. O resto pode dizer que não sabia, que não aprovou, entende?

— E o Jorge entra nisso como? Se ele puder, põe teu nome na primeira página do jornal, você duvida?

— Não, eu sei disso. Mas eu tenho aqui uns documentos sobre o sujeito que está conduzindo a investigação que ele também vai querer colocar na primeira página desse maldito jornal em que ele trabalha.

— Esquece Otavio. O Jorge não tem abertura para fazer nada com você e muito menos por você. Isso vai é me arrumar uma confusão em casa. Imagina eu agora pedir por você. É dali para a audiência de separação. Direto.

— Norminha, me escuta. Ele continua mexendo nas suas coisas, vendo sua bolsa e tudo mais?

— Continua, vai morrer olhando meu celular, fuçando meu e-mail, eu já me conformei.

— Então. Você só tem que levar os papéis para ler e esquecê-los no quarto ou no banheiro. Deixar ele descobrir.

— E você acha que ele não vai perguntar nada?

— Você diz que eu te pedi para copiar e você se interessou em ler. E pede pra ele não fazer nada, não prejudicar o seu emprego...

— Otavio isso não está certo e pode dar a maior merda para mim.

— Norminha, a gente trabalha junto há mais de dez anos. Eu nunca te pedi nada. Se você não topar nós vamos para rua e vamos desmoralizados, entendeu? Porque a agência não vai ter pena de mim e vai sair dizendo o diabo de mim para o mercado. Eu fui pego de calça na mão, eu não tenho apólice de seguro nessa jogada. Eu estou morto e você, sinto muito, mas vai junto porque todo mundo sabe da nossa relação de confiança. Pensa bem, são anos e anos de trabalho que vão para o lixo. Se bobear, com demissão com justa causa, sem muita indenização. Não é justo, Norminha...

— Deixa eu ler a papelada.

— Leia. Você vai ver que o cara é um escroto. Ele está investigando por razões políticas, ele quer ser nomeado pra uma boa delegacia e vai entregar essa papelada para os adversários do Ministro para isso. E eu vou entrar de gaiato no navio, não está certo. Para não falar em você.

— Ai, Otavio, não sei, não é legal com o Jorge. É armar de novo com ele...

— Não é não. Ele vive disso, vive de arrumar notícia e você vai dar uma boa notícia para ele. Olha, ele vai ficar grato, isso vai até ajudar vocês. A vida é assim, é construída assim, Norminha. Você já sabe disso. Eu não preciso ensinar nada pra você, não é?

— Se ele descobre...

— Só se você contar. É simples. Você deixa o papel lá sem ser muito a vista para ele descobrir. Ele vai ler e vai te perguntar. Aí você faz uma fita que é da agência e não sei o que. Ele vai colocar um repórter dele para ver se é verdade e vai ver que é. A partir daí acabou a sua responsabilidade. Qual é o drama? O pior que pode acontecer é ele não publicar. Aí a gente vai ter que pensar em outro jeito. Mas esse é o mais seguro, é o que menos gente fica sabendo e não fica se devendo favor a ninguém de fora. Só eu a você. Mais um. Faz o seguinte, lê a papelada e pensa. Agora, se não quiser fazer, me avisa amanhã.

— Está bom. Me dá aqui, eu vou ver.

A Norma saiu e eu peguei a garrafinha na gaveta pra dar uns goles e relaxar um pouco. Norma tinha razão, mas eu não estava nem aí pra o sacana do Jorge. Eu precisava da notícia publicada para fazer o cara ter que se defender e parar de mexer com os outros. E, vamos lá, corno ciumento tem que servir para alguma coisa.

* * *

Cheguei no escritório desconcertado. Ângela chorara a noite toda. Eu a ouvira chorar, mas fingira que estava dormindo bêbado para não iniciar mais uma conversa sem fim, sem cabeça e sem solução. Eu tinha que dar um jeito nessa história, Ângela estava morrendo aos poucos e eu não precisava de seu cadáver na consciência. Eu sabia o que devia ser feito, ia fazê-lo, Ângela não tinha sequer coragem de terminar esse casamento. Seria eu quem teria de acabar com isso, cair fora. Seria eu quem teria que cumprir o ato final do marido safado e sair de casa por sua própria vontade.

Ela dormira quase as seis da manhã. Tomara umas pílulas, umas benditas pílulas e desmaiara de sono. Eu levantei-me, nem arrisquei um banho para não haver risco de acordá-la e saíra correndo de casa.

Parei na academia de ginástica e tomei meu banho lá. Na saída fiz uma escala num boteco e tomei duas doses de whisky antes de seguir para o escritório.

Cheguei até à mesa e o telefone tocou. Vi pelo número que era o Tuiuti. Lembrei-me da matéria que o sacana do Otávio estava cozinhando há três dias e não publicava. Com toda a confusão eu nem havia visto o jornal hoje.

— Otavio, já leu o jornal?

— Não, eu estou chegando no escritório... o que tem de bom?

— Cara, saiu tudo do Josemir. Tudinho. Esses caras são fogo, descobrem tudo... Que sorte para nós!

— Hum... eu vou ler. E aí?

— Aí, aí é que eu acho a onda contra a gente vai serenar. O Josemir está fora de jogo por um bom tempo. E como era ele que estava querendo a nossa cabeça...

— É, vamos ver. Vamos aguardar. Tuiuti, vamos em frente.

Bebi meu terceiro whisky do dia. Devagar, gole a gole. Com gosto de alívio.

Chamei a Norma no interfone. Era preciso comemorar de alguma forma.

— E aí, Otavio, gostou?

— Norminha, eu nem lí, mas já sei que deu tudo certo. O Tuiuti ligou para mim agora.

— Otavio, você não tem jeito, tem que tomar mais cuidado, cara.

— E o Jorge?

— Está feliz, fazia tempo que ele não tinha uma matéria na primeira página, está falando até em pedir um aumento.

— Norminha vem até aqui, vem.

Eu peguei a mão de Norminha e a trouxe até a minha cintura. Ela tentou puxar, mas eu a fiz encostar no meu pau duro. Senti que a mão cedia, desci o zipper e puxei o pau pra fora. Norminha olhava para mim espantada. Eu peguei ela por trás e baixei a sua cabeça até a minha cintura. Norma começou devagar, a língua passava no meu pau meio sem vontade. Eu apertei a sua nuca e ela começou a chupar de verdade. Meti a mão entre suas coxas e subi até a buceta. Não demorou mais de dois minutos para eu gozar, explodir dentro da boca de Norma. Ela levantou o rosto tirou com as costas da mão o esperma que escorria pelos lábios, levantou-se e saiu em silêncio. Eu guardei o pau na cueca, fechei a calça e, por que não? dei um bom gole no whisky.

RAQUEL, RECORDAÇÕES DE INFÂNCIA

Raquel havia chegado de Paris há poucos dias quando conheceu o Ricardo. Ela vivera boa parte de sua adolescência lá. Filha de diplomatas, nunca se adaptara direito às mudanças de casa dos pais e a pouca atenção que recebia. Alberto, seu pai, gostava de servir em países com culturas exóticas. Enquanto outros diplomatas lutavam para servirem na Europa, Alberto mirava na Ásia, na África do Norte, no Oriente Médio. Gostava de desenvolver as relações comerciais com esses países, se entretinha conhecendo os seus costumes enquanto tentava colocar os produtos brasileiros em seus mercados. Pascale tinha suficiente espírito aventureiro para acompanhá-lo e preferia as novidades desses países a Europa onde toda vida vivera. O trato era que terminada a carreira, eles iriam envelhecer na Europa, na França. Disso ela não abria mão e Alberto estava de acordo. O outro ponto que ela exigiu foi dar para a filha uma educação europeia. Nada de colégios asiáticos, africanos. Nem escola americana, nem liceu francês. Para a filha ela quis uma formação clássica. E para isso embarcaram Raquel para a casa de sua avó Olivia, assim que ela atingiu a maturidade para se cuidar sozinha.

Bonita, manipuladora, Raquel tomou de assalto a vida dos avós e deles conseguia o que desejava. Horários, alimentação, relacionamentos, Raquel ganhou autonomia e nem se podia dizer que os avós não estavam contentes. Eles estavam felizes com a neta por perto. Raquel tirava excelentes notas na escola, era educada, gentil, pronta para ajudá-los e isto bastava. Eles aprenderam que era melhor confiarem na neta e não se preocuparem muito com a vida particular de Raquel, com que horas ela chegava em casa, a que boates ia e com quem. Olivia, de vez em quando, ficava na janela tentando ver alguma coisa quando a neta chegava.

Olivia, a princípio, não gostara de criar a neta. Ela tinha sua vida regrada em Paris, com direito as caminhadas que gostava de fazer, as reuniões para jogar cartas, as lojas conhecidas onde se abastecia de carne, de queijo, de vinho e de outras tantas especialidades que trazia para casa para que Richard preparasse. Era uma rotina que ela prezava, vê-lo cozinhar o jantar enquanto conversavam. Era a hora deles. Richard não tinha pressa, gostava de manipular os alimentos, cortá-los, dourá-los, assá-los, todas as rotinas da cozinha. Ele tinha uma coleção de livros de receita que usava para escolher o que faria. Escolha feita, o livro era posto de lado e ele ia cozinhando de memória e com imaginação. Olivia ficava ao seu lado, ajudava a picar, descascar, vigiava uma panela, mas nunca assumia. Peixes, cordeiros, saladas, suflês, tortas, tudo saía do fogão de Richard. A atividade começava entre cinco e seis da tarde e jantavam por volta das oito horas. O jantar era a conclusão de uma conversa de política, de saudades, de filmes antigos. Brigavam um pouco, faziam as pazes, se roçavam, se esquentavam no calor do fogão e bebiam uma garrafa de vinho que era aberta no início do preparo do jantar e durava até o fim da refeição. O vinho era bebido aos poucos, a pequenos goles de quando em quando, entrava na química do corpo e da cena com delicadeza, apurando o paladar e o humor dos dois.

Trazer uma adolescente para este mundinho não parecia uma boa ideia. Olivia não entendia a paixão que unia a filha ao marido. Era uma paixão fechada entre os dois de tal forma que não deixava espaço para ninguém mais, nem para Raquel. Pascale e Alberto viviam em um casulo e não queriam ninguém mais lá. Eles tinham essa vida que alguns casais conseguem, onde o casamento transforma mesmo duas pessoas em uma só. Eles se bastavam. Qualquer outra pessoa era demais. Filhos inclusive. Dois egoístas felizes e dispostos a guardarem-se do mundo de qualquer forma. Olivia achava que essa era a razão verdadeira dos dois para não se ocuparem com a educação de Raquel. Olivia sabia que não era por mal, que bastava um telefonema e Pascale estaria ali correndo para ajudar a filha. Mas a preferia longe de si. Pascale tinha uma visão antiga e tradicional da educação. Um bom colégio interno poderia ser para os filhos melhor do que a casa dos pais. E na falta do bom colégio interno, a casa da avó que tinha tempo para educar a neta podia fazer esse papel.

Raquel tinha treze anos quando começou a se interessar pelos meninos. Vivia ainda com os pais em Brasília. Alberto morava em um apartamento de uma quadra destinada aos funcionários públicos. Em frente ao prédio deles havia um gramado onde os garotos se reuniam para bater bola toda tarde. Raquel ficava na janela olhando os meninos e quando o jogo ia chegando ao final, ela descia para tomar um sorvete no carrinho do sorveteiro que ficava ao lado do campo. Ela gostava de tomar o seu sorvete junto com os garotos depois do jogo. Eles estavam excitados, suados, discutindo a partida, falando barbaridades que ela fingia não escutar. Um dos meninos chamava mais a sua atenção. Era um moreninho, quase preto, de dentes bem brancos e uma voz clara. Ele nunca olhava para ela, mal a percebia. E quando falava era só para cumprimentá-la rapidamente. Jurandir era filho do chofer de Alberto, mas isto não queria dizer nada para a menina Raquel. O fato é que Raquel gostava de ver Jurandir jogar futebol, gostava de seus gritos de entusiasmo e de seus dribles, via da janela ele marcar um gol e sair gritando feito quem tivesse decidido um campeonato. Era uma explosão de energia que afetava Raquel. Ela era sensível aquele azougue correndo pelo campinho até não poder mais. Reparava em seus gestos determinados, nas broncas que passava nos companheiros de time que não acompanhavam a sua velocidade e na aura de alegria que envolvia o seu corpo magro e rijo quando marcava um gol. Raquel sentia a vibração de Jurandir e vibrava junto. Ela se assustava ao ver o seu corpo esquentar quando via Jurandir pulando no campo. O pai de Jurandir estava preocupado com o filho.

“Dr. Alberto, é só jogar bola e as notas cada vez piores. Ele não quer nada com a escola. Desse jeito vai repetir de novo, eu não sei o que fazer”. “E em qual matéria ele está pior”? “Matemática, dr. Ele não acerta um problema”. ”Sabe, a Raquel é muito boa em matemática. Ela podia dar umas aulas para ele. Podia ser até depois da pelada. Ele subia lá pra casa, tomava um banho e estudava um pouco com ela. Quando você me trouxesse para o jantar você o levava para casa. O que você acha”? “Eu vou falar com ele, eu não sei se ele vai gostar de ter aula com menina, sabe como são os garotos”. “Fale então e me avise. Acho que pela Raquel não haverá problema. Ela é muito boazinha”.

As aulas começaram uma semana depois dessa conversa. Jurandir subiu ao apartamento e foi para o banheiro de serviço se arrumar. Quando apareceu na sala para a aula, Raquel decepcionou-se. Vestido simplesmente, com o cabelo engomado, Jurandir não parecia o menino voluntarioso que ela observava jogando bola. Ele falava baixo e não a encarava, estava envergonhado com a situação. Raquel levou-o até a copa onde tomaram um lanche e Raquel pegou os livros de matemática do garoto. Eram equações de primeiro grau, geometria, problemas de matemática que ela sabia resolver. Raquel gostava de dar aula. Em poucas semanas Jurandir reagiu na escola. O receio de passar vergonha com Raquel conseguiu concentrá-lo no estudo e logo percebeu que podia dominar com alguma facilidade a matemática elementar dos exercícios. Ao fim do mês as notas mostraram a melhora. Jurandir estava exaltado, corria em campo como nunca nas peladas de toda tarde e, sem saber bem porque, agora olhava para a janela de Raquel para ver se ela estava lá após cada gol que fazia. Quando a encontrava seu corpo se esquentava mais um pouco sem que ele soubesse bem a razão.

O fim de ano chegava e Jurandir teria que brilhar muito nas notas se quisesse passar direto, sem ficar em segunda época. O que há poucas semanas era um sonho, agora era uma aspiração, o menino queria provar que era inteligente. Para quem? Para si próprio, para os pais, para o mundo e principalmente para Raquel. Ela agora o acompanhava desde que ele acordava até a hora de dormir. Sem querer pensava nela, sonhava em encontrá-la ao virar cada esquina. Raquel assumira um espaço enorme na sua vida, ele respirava Raquel. Jurandir não entendia bem como a menina havia se entranhado em sua vida.

"Ô, Juvêncio, esse menino está diferente.... Acho que ele está de olho em alguma garota". "Que é isso, Elizete, não arruma confusão agora. Ele está estudando, vai passar de ano, deixa o garoto em paz". Elizete seguiu o conselho do marido, mas estava mordida. Ali tinha menina, o Jurandir estava distraído demais, a toda hora ela o encontrava com o olhar perdido. Outra novidade é que Jurandir dera para ficar horas no banheiro. Ela não se preocupava muito com isso, Elizete fora criada com muitos irmãos e não se importava com o que o filho fazia no banheiro. Até o provocava perguntando inocente: "Ô, Jura, você comeu alguma coisa estragada na rua, meu filho. É a terceira vez que você vai ao banheiro, você quer um remédio para dor de barriga"? Jurandir balbuciava qualquer desculpa. Elizete ria para dentro, mas algo não estava bem, ela estranhava o comportamento de seu filho. Se havia uma namoradinha ela gostaria de saber o nome da menina, por que não? O Jura não era de segredos e de repente estava fechado nele mesmo, arredio. Coração de mãe não se engana e o de Elizete começou abater mais rápido. Havia algo errado ali, mas ela concordava que era melhor deixar passar os exames, Jurandir passar de ano e depois se ocupar em saber o que ocorria.

Chegaram os exames e o Jurandir brilhou. Deu um jeito de se concentrar na arrancada final e conseguiu as notas para passar direto. Juvêncio foi à loucura e não sabia o que fazer para agradecer ao Alberto e à Raquel. Ele olhava para o menino com o orgulho que sempre desejara ter do filho. O menino era bom, ele sempre soubera. Se quisesse ser jogador de futebol tudo bem, mas tinha que se formar. Juvêncio era pobre, filho de miseráveis e queria ser pai de gente mais rica do que ele. Elizete deu a ideia e Juvêncio comprou na hora. Um lanche para Raquel e eles aproveitariam para dar um presente para amenina. Juvêncio foi contente contar a ideia para o filho e tomou um susto. Jurandir reagiu mal, disse que não queria a menina em sua casa, que era uma péssima sugestão. Juvêncio ficou furioso, pensou que o filho estivesse com vergonha de sua casa e quase perdeu a alegria que sentia por ele ter passado de ano. Elizete sentiu uma pontada no peito, um aviso que estava chegando próximo de descobrir o que se passava com o filho.

De qualquer forma, o convite foi feito, aceito e a data marcada. Elizete não aguentou e dividiu sua suspeita com o marido. Juvêncio assustou-se com a história, mas vendo o comportamento de Jurandir achou melhor acreditar um pouco na mulher. Preocupou-se. Afinal, por causa de uma paixonite de criança ele podia perder o emprego e isto não era brincadeira. Juvêncio não era de perder tempo nem ficar encasquetado com problemas. Resolveu enfrentar a situação e chamar o filho para uma conversa de homem. "Ô, Jurandir, meu filho, eu não estou entendendo você muito bem... Você passou de ano, tirou boas notas e em vez de ficar alegre anda por aí malcriado... O que está acontecendo"? Não é nada não, pai. Eu estou normal, como sempre fui. Não está, não. Eu não estou nem te conhecendo direito. Parece que está interessado sempre em outra coisa, a gente pergunta você não responde, não escuta direito o que a gente fala". Jurandir baixou a cabeça e não falou nada. O pai sentiu o terreno firme para avançar na conversa. "Eu ficava assim quando gostava de uma garota. Eu me lembro da Sueli que vivia na rua onde eu morei quando tinha a sua idade agora. Era uma moreninha bonita e só saia na rua de vez em quando, sempre com a avó. Iam comprar coisas na venda, na quitanda e eu ia atrás, inventava que queria saber o preço de alguma coisa para minha mãe, mas eu queria mesmo era ficar perto dela". Jurandir continuava de cabeça baixa, não manifestava nenhum interesse na história. O pai não se abalou com o desinteresse do filho e continuou no assunto. "Minha sorte foi que ela foi estudar na mesma escola que eu. Filho, eu aí dei em cima dela mesmo, até que eu consegui chegar perto. Durou umas duas semanas, ela era chata como o quê. Tanto trabalho pra nada... Eu acho que você está numa história parecida, não tá não, filho"?

"Não é nada disso, pai. Eu não tenho garota. Como é que eu vou ter uma garota, eu não tenho dinheiro nem para comprar uma bala para ela? Eu não tenho dinheiro para ir ao cinema toda semana, eu não tenho carro, eu não tenho roupa boa, como é que vou namorar alguém? Se for alguém com a vida parecida com a nossa, não há problema filho. Ela vai saber que você não tem dinheiro para ir ao cinema toda semana, que você não tem roupa nova toda semana. Porque na casa dela é igual. Você está me entendendo?

Jurandir levantou-se apressado e saiu de casa. Juvêncio pensou em acompanhá-lo, mas resolveu deixar o filho refletir um pouco. Elizete estava certa. O menino estava mesmo vivendo sua primeira paixão e, pela conversa dele, era bem possível que fosse mesmo com a filha do seu patrão. A gana era acabar com a história com umas boas bordoadas. Depois pensou em levar o filho para zona para ele conhecer de verdade mulher. Resolveu esperar um pouco antes de decidir a linha de ação. Iria dar 24 horas e voltaria a conversar com o filho.

Juvêncio resolveu que seria bom levar o filho na zona. Lá eles teriam espaço para conversar direito e o menino esfriava o tesão. E, além do mais, ele não conhecia melhor solução para paixonite e dor de cotovelo. Umas boas horas de sacanagem era o melhor remédio. Inventou para Elizete que ia levar o Alberto a uma recepção e levaria o Jura para eles conversarem. Elizete não entendeu bem a ideia, mas se conformou. E o Jura entendeu menos ainda e só entrou no carro debaixo de ameaças.

O garoto se espantou quando o carro tomou o caminho de Taguatinga em vez de ir na direção da casa de Alberto. Assustou-se, mas não comentou nada com o pai. Até sentiu-se aliviado, pois seu maior medo era que o pai o estivesse levando para falar com o Alberto. Por prudência, resolveu ficar quieto e esperar o pai lhe dizer aonde iam. Juvêncio quebrou a mudez do passeio.

"Aí, filhão, a gente tem muito que conversar. Você está ficando um homem bonito, as meninas vão dar em cima e você vai ter que aproveitar. Quando eu tinha a tua idade o seu avô saiu um dia comigo para eu aprender a trepar, dá minha primeira trepadinha. A gente morava em Goiânia e lá tinha uma rua só de putaria, a P 16. As meninas ficavam todas de mini saia e tocava muita música. Era uma festa. Eu me lembro até hoje da primeira menina que eu peguei. Era uma branquinha".

Jurandir se animou. Isto era um sonho virando verdade. Ele não estava muito confortável com a presença do pai, preferia estar com amigos, mas a perspectiva de sair para dormir com uma mulher era mais forte que o incômodo.

A zona ficava numa rua sem asfalto. Era uma casa sem luxo distinguida das outras pela luz vermelha que se via de longe brilhando na varanda. Jurandir entrou e não conseguia olhar de frente nenhuma das garotas. Sentia o coração bater rápido, mas não era o rápido que ele estava acostumado a sentir quando jogava bola. Era um rápido diferente, o coração pulava e ao mesmo tempo parecia apertado no peito. Juvêncio andava na frente com firmeza. Ele estava em casa, embora há muitos anos não estivesse em um bordel. Ele era um marido fiel, uma escapadinha de vez em quando, mas nunca tinha estado com prostitutas desde que se casara. Atrás do rosto seguro, ele também não sabia direito como agir e estava até meio arrependido. Ele não queria que o filho imaginasse que ele fazia esse programa sempre e, ao mesmo tempo, tinha que demonstrar segurança para o menino.

Os dois chegaram no salão onde sentadas em cadeiras e sofás as mulheres ficavam esperando serem chamadas pelos clientes. Jurandir aos poucos acostumava-se ao ambiente e arriscava olhar para uma mulher ou outra. Acenar para uma delas não lhe passava pela cabeça. Juvêncio viu que se não ajudasse ao menino os dois iriam passar a noite ali. Pegou o filho e o levou até o salão. Sentou-se em uma mesa e pediu uma cerveja para si e uma Coca-Cola para o filho. "Se você quiser uma cerveja pode tomar, mas é melhor uma Coca. Você não está acostumado com cerveja e pode dar errado". "Pode ser uma Coca mesmo, eu não gosto de cerveja, é muito amargo". As mulheres circulavam entre o salão e o bar. Roçavam nas mesas, olhavam firme, mas não se insinuavam mais do que isso. Era preciso que o cliente as chamasse para que elas pudessem vir até a mesa.

E aí, meu filho, já viu alguma bonitinha? Jurandir se encolheu, ele não sabia o que responder, estava com medo e com vergonha. Elas estão aí para isso mesmo, cara. Ninguém vai te recusar. Escolhe uma bonitinha e vai para o quarto, ela vai te tratar bem. Você vai gostar. Se você está gostando de alguma, mostra para mim que eu chamo ela aqui para conversar. E se você não gostar não tem bronca, escolhe outra, é assim que funciona. Jurandir com muito esforço conseguiu apontar uma mulher. Era uma mulata tipo passista. Juvêncio aprovou a escolha e chamou a mulher. Em poucos minutos a história estava arranjada e a mulher foi se arrumar para ir para o quarto com o menino. Quando ela saiu Juvêncio tirou do bolso um pacote de camisinha e deu para o filho. Olha, na hora de botar você coloca isso, ela mesmo coloca pra você. Deus me livre de você pegar alguma coisa e a sua mãe descobrir que a gente esteve aqui. Não se esquece de colocar. Vai firme que a dona é boa.

Em minutos a mulher voltou para levar Jurandir para o quarto e Juvêncio resolveu pedir outra cerveja. Ele resolveu que não iria se aproveitar da ocasião para dormir com uma prostituta. Ele nunca tinha feito isto depois de casado e não seria hoje na frente do filho.

A garrafa ainda estava no meio quando Jurandir voltou. Pela cara dele, o pai viu que tudo correra bem. Legal, cara. Quer um copo de cerveja agora? Jurandir aceitou e bebeu quase todo o copo em só gole. A cerveja gelada desceu gostosa e sem nenhum travo amargo.

No caminho de volta, Juvêncio resolveu voltar ao assunto de Raquel. Então, filho você está gostando da professora? Jurandir não teve força para negar. Abriu o coração com o pai. Contou que queria namorar a menina. Juvêncio foi respirando fundo e escutando a história toda. Mas meu filho, você já beijou a menina? Está louco pai, eu não sei nem começar a falar disso com ela. Juvêncio sentiu um alívio enorme. Então filho, eu acho melhor você esquecê-la e sair para outra. É muito complicado e o pai dela é o patrão do seu pai. Quer dizer, se eles descobrem eu perco o emprego e isto não pode acontecer. Tem muita mulher no mundo e para a gente desabafar você viu hoje como é fácil. Então é melhor você arrumar uma namorada que não tenha tanta bronca e que seja mais fácil. Essa aí só vai dar dor de cabeça. Me escute e tire isso da cabeça. Nós vamos cumprir o combinado, vamos ter o lanche para Raquel, você se comporta, nada de se engraçar com ela e ano que vem você sai estudando desde o começo para não precisar mais de aula particular.

Eles já estavam chegando perto de casa e era hora das últimas instruções. Olhe, sem muito papo com a sua mãe. Nós fomos em uma festa na península dos ministros e você ficou conversando comigo e os outros motoristas. Não precisa falar mais nada. Você trouxe o pacote com as camisinhas que sobraram? Joga fora, não entra com isto em casa. Eu nem usei, a Sandra disse que na primeira vez eu merecia dar uma sem camisinha. Cara, você não devia ter feito isto, devia ter me obedecido. Vamos em frente.

No dia seguinte Juvêncio acordou feliz. Ele estava certo de que o filho entendera o recado e as coisas iam terminar bem. Era tudo coisa de criança, eram essas novelas de televisão com estas histórias de rico namorar pobre, de filhos de empregados se envolvendo com os donos da casa, toda essa bobagem dava nisso. Com Elizete tudo correra bem, ela comprara a história dos dois sem muita hesitação nem questionários. O melhor era virar a página rapidamente e não tocar mais no assunto.

No carro com Alberto, a história foi diferente. Ele estava orgulhoso da estreia do filho e precisava contar para alguém. Os anos servindo a Alberto já garantiam uma intimidade entre os dois e a vontade de contar para alguém era tanta que ele entrou no assunto. Dr. Alberto, ontem em levei o Jurandir para zona, foi a primeira vez que ele dormiu com uma mulher. Opa, mas isso é bom, isso é para quem tem filho homem. Pois é, e o menino não negou fogo. Gostou de uma mulata que parecia até uma rainha de bateria de escola de samba e mandou brasa. Não vacilou. Puxou o pai, Juvêncio. Então, dr. esse menino agora só está me dando prazer.

Chegou o dia do lanche para Raquel. Elizete caprichou na mesa, preparou uma brevidade de que herdara a receita da mãe, café, leite, chocolate, chá e refrigerante. Tudo o que a menina podia gostar. Jurandir estava recuperado da paixonite, o programa com o pai tinha funcionado e ele agora só pensava em voltar na zona para dormir com a Sandra de novo. Ou então com uma outra que ele quase escolhera. Raquel tinha virado uma menininha, ele não dava mais bola para ela. Uns poucos dias sem vê-la e tudo o que sentira ficara para trás. Estava terminado. Até a hora em que ele colocou os olhos em Raquel.

Ela não estava vestida de maneira especial, nem se podia dizer que suas roupas eram provocativas. Ao contrário, Raquel ouvira toda uma conversa de Pascale a respeito de como se vestir para ir à casa de empregados. Nada de roupas espetaculares, joias ou qualquer outro adereço que pudesse chamar demasiada atenção. Devia-se estar vestida simplesmente, com uma roupa boa e pronto. Era muito deselegante fazer exibição de riqueza na casa dos empregados. Raquel seguira as instruções e estava vestida normalmente. O problema é que o normalmente de Raquel bastava para virar a cabeça de qualquer um e tirar a cabeça de Jurandir do lugar. Até Elizete ficou abalada quando viu a menina entrar em sua casa. Uma atriz. Era perfeita do cabelo aos pés, a voz era bonita, o olhar era atraente e o sorriso tinha brilho. Estava tudo correto, tudo certo. Juvêncio, que a trouxera de carro até sua casa, era o menos impactado. Ela era a filha do patrão e ponto final.

Para aumentar a festa, Juvêncio e Elizete tinham convidado alguns parentes e os vizinhos mais chegados além de colegas de classe do Jura. Era um grupo de umas 20 pessoas. Raquel sentiu-se à vontade e ia conversando com todos, criando intimidade, com a precocidade dos filhos únicos acentuada pelo amadurecimento de já ter vivido em vários países e se adaptado a escolas diferentes, idiomas diferentes, culturas distintas. Passadas as apresentações Raquel concentrou-se no grupo de colegas de Jurandir. Eram três meninos e uma menina. Estavam todos no quarto de Jurandir. O ambiente era humilde, mas estava arrumado. Os meninos se espalhavam pela cama e pelo chão. Havia uma pequena mesinha com os livros de Jurandir e várias revistas em quadrinhos. Na parede estava pendurada uma bandeira do Botafogo e uma foto autografada do Jairzinho.

Raquel achou engraçado que não tinha pôster de mulher de biquíni, nem revista de mulher pelada. Pelo menos à vista. Mas não tinha jeito de ter nada disto. O Jurandir era assim mesmo, centrado em futebol e a Raquel não acreditava como ele não percebia a bola que ela lhe dava. Mais de um mês de aula e o Jurandir nunca tinha chegado mais perto, falado nada e não percebia nada. Ela estava chateada com isto e resolvida a ver se ele não gostava mesmo dela. Tinha que achar um jeito e era difícil aparecer o jeito com tanta gente assim na casa e todo mundo prestando atenção nela. Chegou a hora do lanche e Elizete tinha preparado um bolo grande de chocolate. Na hora de partir, chamaram a Raquel para cortar o primeiro pedaço. A garotada começou a brincar e a cantar provocando. Com quem será? Com quem será que o Jurandir vai se casar? Elizete e Juvêncio ficaram danados, Jurandir queria ir para debaixo da mesa, mas ela estava calma. Serviu um bom pedaço no prato e passou-o para Jurandir: Para o melhor aluno do ano! Todos riram e bateram palmas. Jurandir chegou mais perto dela para receber o prato. Raquel levou o rosto até ele e o beijou deixando que seus lábios se tocassem por um segundo. Jurandir sentiu um choque e encarou a Raquel. Ela o encarou por uma fração de tempo e se afastou. Elizete assumiu a mesa rapidamente, beijou a Raquel e o Juvêncio que havia preparado um discurso resolveu não falar nada. A festa terminou sem incidentes, todo mundo feliz e na hora certa Juvêncio chamou Raquel para levá-la para casa. Ela estava no quarto de Jurandir conversando com ele e alguns amigos. Ele resolveu convidar o menino a acompanhar os dois. Seria melhor, ele não tinha assunto com a menina e assim os dois iriam conversando. Raquel sentou-se no banco de trás e a conversa dos dois não preocupou nem um pouco a Juvêncio. Falaram da festa, comentaram os convidados, o filho parecia ter superado o tesão que sentira. Em boa hora ele tinha resolvido esse assunto. E resolvido à moda antiga.

Quando chegou em casa Raquel encontrou Pascale à sua espera. Então, minha filha, como foi tudo? Tudo certinho, mãe. Sem problema. E o menino se comportou com você? Claro que sim, mãe, eu não sei por que você implica com ele, ele não consegue nem olhar para mim. Isso é sério Raquel. Ele é filho do Juvêncio, chofer do seu pai há muito tempo. Nós gostamos muito deles, mas não dá nem para imaginar... Mamãe, pare com isso, você está inventando. Eu disse uma vez que achava bonito ele jogando futebol. Foi só isso. Raquel, eu não nasci ontem e vi diversas vezes você aqui na janela com o olho comprido vendo ele jogar. Imaginação sua. Agora, eu não posso olhar na janela. Nem na janela. Vou pedir pro papai ir servir na Arábia Saudita. Vou ter mais liberdade. Pascale riu. É filhinha, tá bem, mas mesmo lá, pela aberturinha da burca pretinha que você vai usar eu vou poder continuar observando por quem seus lindos olhinhos estão brilhando. E ai de você se for pelo filho do motorista de seu pai ou coisa parecida.

Para Jurandir, estar de férias consistia em jogar bola mais vezes do que era permitido no período de aulas. As peladas não tinham hora para começar e podiam estender-se até a lua chegar. Havia campeonatos e Jurandir arrumava tempo e energia para participar de vários deles. Os jogos eram em Brasília, em Taguatinga, no Gama, para o Jura não havia diferença, ele precisava só de um campo e uma bola para correr atrás para ficar feliz. A bola era sua escrava, fazia o que ele mandava. Quando ela fugia, ele não se zangava, sabia que era briga passageira e a perseguia correndo até que voltasse obediente para os seus pés.

Raquel estava chegando em casa e ouviu os meninos discutindo. O jogo da tarde tinha acabado, eles estavam em torno da carrocinha do sorveteiro discutindo os lances. Ela foi até lá. Depois das aulas que dera para o Jurandir, ela ficara bem conhecida e se não era da turma era recebida com naturalidade. Raquel cumprimentou a todos de longe e pediu a Jurandir que fosse até a sua casa pegar os livros que ele havia deixado lá. Despediu-se da meninada. Terminado o papo com os meninos, subiu até o apartamento para pegar os livros esquecidos. A bem da verdade ele não se recordava de haver esquecido alguma coisa, estava tudo em sua escrivaninha e ele estava curioso com a história. Raquel estava sozinha. Pascale saíra com um grupo de amigas, só chegaria perto da hora do jantar e a empregada faltara. Ela não sabia porque inventara a história dos livros esquecidos. Tinha inventado na hora e sem pensar muito. Quando Jurandir tocou a campainha Raquel ainda pensava em que desculpa lhe daria quando confessasse que não ficara nada esquecido.

Oi Raquel, vim pegar os livros... Entra aqui, eu vou pegar lá no quarto. Raquel demorou-se uns minutos sozinha em seu quarto fingindo procurar os livros. Passados alguns minutos ela voltou. Jura, desculpa, eu acho que me enganei... É, eu também acho, eu não me lembrava de ter esquecido os livros aqui. Tudo bem, até logo. Espera aí, tem bolo de laranja que você gosta, você não quer comer um pedaço? Vamos pegar na cozinha... Jurandir estava pouco confortável ali, preferia sair, mas a fome de depois do jogo e a saudade do bolo o convenceram a ficar mais um pouco. Seguiu Raquel até a cozinha. Ela abriu o armário serviu um pedaço de bolo para ele e outro para si. Eles comiam em pé apoiados em uma mesa. Jurandir sentia o perfume de Raquel e foi se excitando. Raquel sentia o menino mais tenso e também se excitou. Nervosa, deixou o garfo cair no chão. Os dois se abaixaram para apanhar o talher e, no movimento, o cabelo de Raquel roçou a face de Jurandir. O perfume ficou tão forte, ele perdeu a resistência e passou a mão pela cabeça de Raquel. No movimento ele ficaram a centímetros um do outro e em segundos estavam se beijando. Interromperam por um minuto, como se fosse possível retornar ao bolo de laranja. Levantaram-se. Jurandir abraçou a Raquel e a empurrou gentilmente até o quarto de empregada. E ali, na cama estreita da Leonor, eles se amaram.

Jurandir estava emocionado e confuso. A experiência com Raquel tinha sido totalmente distinta da que tinha experimentado na zona. A mancha do sangue de Raquel no lençol o tinha apavorado, parecia uma prova de que isso não ia terminar bem. Ele se sentia mal, como se tivesse roubado alguma coisa. Ele não conseguia gozar o momento, o medo de que seus pais descobrissem, o medo de que seu pai perdesse o emprego por causa disso tomou conta de sua mente. Balbuciou algumas desculpas e saiu correndo para o ponto de ônibus. Raquel ficou triste com a retirada de Jurandir, mas tratou de arrumar a cama, limpar e trocar o lençol. Voltou para o seu quarto, sentou-se em sua cama e chorou baixinho. Nada tinha sido como ela imaginara, nada de romantismo, tinha sido rápido e quase bruto. Os gols de Jurandir no campo de futebol eram muito mais bonitos.

No dia seguinte, Jurandir quando acordou e foi ao banheiro sentiu que o ardor que começara a sentir há uma semana tinha piorado. Quando terminou de urinar sentiu uma comichão por dentro do pau e o apertou para ver se melhorava. Viu escorrer um líquido que não era urina e se apavorou. Resolveu que teria de contar para o pai.

A conversa entre os dois foi rápida. Juvêncio deixou a descompostura eu queria dar no filho para outra hora. Era importante que tudo fosse resolvido discretamente de forma a que Elizete não tomasse conhecimento. Ele foi até a uma farmácia longe de casa e pediu o remédio. Era líquido e seria ingerido de uma só vez. Melhor assim, o guri tomava e pronto. Mas o assunto ficou remoendo dentro dele. A gonorreia tisnara uma ação que até agora ele considerara perfeita. E a desobediência de Jurandir merecia um castigo, não podia passar em branco. Só que ele tinha de arrumar um jeito de castigá-lo em que só os dois iriam entender o que se passava. Elizete não podia saber, sequer desconfiar, do castigo. Ele iria pensar em alguma coisa.

Jurandir foi para o trabalho absorto com esses problemas. No caminho da casa de Alberto para o aeroporto quase bateu na traseira do carro que seguia à frente. Alberto assustou-se muito com a freada e falou mais duro com ele do que de costume. Juvêncio não resistiu e quando se desculpou mencionou que estava com problema em casa. Alberto se interessou e ele acabou revelando o que havia ocorrido com Jurandir, que não sabia como punir o menino e tinha medo que Elizete descobrisse tudo. Chegaram ao aeroporto, Alberto desembarcou e a vida parecia voltar à rotina.

Pascale estava perplexa olhando para Raquel sem saber o que dizer. Ela jamais imaginara passar por um problema desses com a filha. O ginecologista sentia a situação desagradável e mantinha-se em silêncio. Raquel olhava para o chão. Quase automaticamente, Pascale dirigiu-se de novo ao médico: mas, doutor, o senhor tem certeza? Claro, o exame é muito claro, a Raquel está contagiada..., Mas eu pensava que ela fosse virgem ainda.... É, hoje em dia os jovens estão se relacionando cada vez mais cedo, é mais comum do que a senhora pensa. Pascale queria sair dali logo, acabar com o constrangimento que sentia. Levantou-se, pegou a receita e puxou a filha para fora do consultório. As duas seguiram em silêncio no carro. Pascale não iria discutir este assunto na frente do motorista. E ela nem tinha o que falar com a filha. Ela estava envergonhada pela filha, sentia-se uma péssima mãe, afinal como pudera se passar isto sem que ela desconfiasse? Raquel tinha sempre sido evasiva, mas ela julgava que as duas tinham um relacionamento de confiança. O fato da filha ter tido um relacionamento sem que ela percebesse provava que estavam mais distantes uma da outra do que ela podia realizar. Ela não sabia de quem Raquel herdara este caráter singular, essa forma de viver para si sem nunca abrir o coração com ninguém. Nem com a mãe. Ela queria punir e confortar a filha ao mesmo tempo. Queria castigá-la e abraçá-la, ela estava simplesmente perdida. Pensou em ligar para sua mãe, mas viu que esse assunto era para ser resolvido entre ela, Raquel e Alberto. Chegaram em casa e subiram até o apartamento. Raquel entrou e correu para o quarto batendo a porta. Pascale deixou-a só. Reprimiu seu desejo de ir até o quarto da filha e exigir o nome do namorado. Temia saber a resposta. Ela nunca vira a filha interessada por nenhum outro menino que não fosse o Jurandir. Ao mesmo tempo que não conseguia conviver essa possibilidade, lhe parecia pior ainda se fosse um rapaz de quem ela nunca ouvira nada. Seria uma evidência mais dura da falta de intimidade entre as duas. Essa seria uma conversa longa e podia esperar um pouco para começar. Ela agora iria se preparar emocionalmente para a conversa com Alberto. Sentiu mais uma vez vontade de ligar para a mãe. Resolveu que ainda não era a hora, ela iria se assustar e poderia ajudar muito pouco. Vivia em Paris, via a neta muito pouco, se fosse o caso ela viajaria até a mãe para conversar. Talvez fosse bom levar a Raquel também. Uma boa conversa a três.

Raquel não apareceu para o jantar, preferiu comer no próprio quarto. Pascale passou pela porta várias vezes e escutou somente o som da televisão. Nem um telefonema. Fosse o namorado quem fosse, Raquel não contava com ele agora. Pascale serviu o prato de massa a Alberto e começou a contar a história lentamente. De repente perdeu o controle e despejou os fatos na mesa. Alberto demorou um pouco a entender de que doença Pascale lhe falava. Quando entendeu ficou lívido, tomou um grande gole de vinho e levantou-se rumo ao quarto da filha. Pascale levantou-se também e o interrompeu. Pediu que a deixasse conduzir o assunto. Alberto refletiu um pouco e concordou com a mulher. Tomou fôlego e falou tão baixo que ela mal o escutou. Você veja quem fez isto. O Juvêncio me disse outro dia que o filho dele está com a mesma coisa. Eu preciso confirmar isto logo, você entende? Vá falar com a Raquel hoje ainda e descubra com quem essa maluca dormiu.

Antes de ir dormir, Pascale tomou coragem e entrou no quarto da filha. Raquel dormia. Ela apagou a televisão, sentou-se na borda da cama e começou a acariciar levemente a cabeça da filha para acordá-la. Sentiu o perfume que vinha do corpo de Raquel, o cabelo espesso corria por sua mão com suavidade. Raquel abriu os olhos, viu sua mãe e aproximou-se. Olá, Raquel, você quer tomar um copo de leite, quer comer alguma coisa? Não. Eu quero dormir. Mas a gente tem que conversar um pouco, filha. Eu estou angustiada com tudo isto, você tem que me contar mais, a gente tem que se entender. Eu quero saber a sua história. Não tem história nenhuma. Minha filha, não adianta a gente ficar fugindo. É muito melhor a gente enfrentar. E você está falando com a sua mãe, que gosta de você, que te ama, você não tem que reagir como se estivesse numa delegacia. Eu não estou te interrogando, eu estou querendo te entender. Mãe, eu estou tão cansada, não dava para gente conversar amanhã? Eu nem estou pensando direito agora de tanto sono.... Amanhã a gente fala. Eu não quero conversar agora, desculpa. Raquel, me diga então quem é o seu namorado. Diga-me o nome dele, eu e seu pai queremos saber. A gente conhece o menino? Conhecem. Foi o Jurandir. Pronto. Ô Raquel, que coisa... Mamãe, amanhã, pelo amor de Deus. Só mais uma coisa, ele forçou você? Não. Ele não forçou nada. Certo, filha, amanhã conversamos.

Pascale saiu do quarto da filha e foi até a cozinha preparar um chá. Sentia-se péssima, não conseguia explicar como não percebera, não agira e deixara tudo ocorrer em sua casa, à sua vista. Queria estrangular o menino, não conseguia perdoar a filha por não ter se controlado. Ela nunca tinha percebido a sensualidade de Raquel, pensava que a filha estava preocupada com estudo, com a pintura, ela quase não falava de menino, nunca tinha namorado firme a ninguém. Pascale estava assustada com a mulher que despertara em Raquel, com a fêmea que se deixara conduzir apenas pelo desejo físico sem nenhuma outra consideração. Mais que tudo, Pascale estava assombrada com a independência da filha. O chá ficou pronto, ela pegou duas xícaras, colocou numa bandeja junto com o bule e foi até o escritório onde Alberto estava trabalhando.

Pascale abriu a porta e entrou com a bandeja. Alberto levantou os olhos dos papéis e, sem esperar que ela servisse o chá, encurtou a conversa perguntando: foi o filho do Juvêncio, não foi? Foi ele sim. Amanhã eu vou despedi-lo. Vou pedir para a Silvia fazer isto. Eu nem quero falar com ele mais. É muito desagradável. Eu vou aproveitar o fato de que ele quase bateu com o carro comigo dentro outro dia e dizer que ele anda muito distraído na direção. Esta parte está encerrada. Agora, temos que cuidar da menina. Pois é, eu não sei direito como agir, Alberto. Eu estou tonta com este caso. Olhe, vamos ser realistas. Ela fez um erro grande, foi irresponsável e estúpida. Pois é, o que a gente vai fazer para que ela reflita? Olha Pascale, eu sou muito realista quanto às pessoas. O que eu entendo é que nossa filha já tem idade para saber o que fez. Ou seja, ela vai ter que se defender de sua natureza e não a consertar. Ela tem que entender quem ela é para não ficar se complicando cada vez mais. Como assim, Alberto? Ela é uma menina? Ela se confundiu com a atração que sentiu pelo garoto e errou. Isto não a condena a ficar errando daqui para frente. A nós cabe ajudá-la a entender direito o que se passou. Claro, claro, mas não creio que vamos conseguir muito. Eu creio em DNA. A família tem uma porção de mulheres e homens irresponsáveis e uns três tarados. Ela pegou essa linha. Alberto, que barbaridade, como você fala assim de nossa filha? Estão todos loucos nessa casa? Você faça o que achar melhor e eu vou te apoiar. Apenas estou dizendo que ela tem a quem puxar e, veja bem, não é obrigatoriamente uma tragédia. Ela tem que aprender limites e não tentar mudar a sua maneira de ser. Alberto, eu não concordo. A Raquel é uma menina inteligente, carinhosa, talentosa e é isto que ela é. Você guarde os tarados para sua família. Eu vou me deitar.

JOAQUIM

Joaquim estava pronto para viajar ao Rio de Janeiro e resolver o assassinato de Sonia. Ele já estava com o caso fechado. Ele descobrira quem a matara poucas horas depois do crime. Ele precisara apenas certificar-se de que não fora Nonato, essa tinha sido sua única dúvida. Nonato sempre seria o menino mimado, o filho único despreparado para escutar um não do mundo. Sonia fora o seu maior não e a possibilidade de ter sido ele havia que ser levada em conta. Dois ou três telefonemas eliminaram a possibilidade de Nonato ser o assassino. Sonia conseguira realmente sumir da vida dele, Nonato não tinha o menor contato com ela. Sobrava então o outro caminho e era esse que levava Joaquim de volta ao Rio de Janeiro.

Joaquim decidiu-se por uma viagem de ônibus. Ele tinha preguiça de dirigir por tantas horas e mais preguiça ainda de ir até São Paulo pegar um avião da ponte aérea. Descobriu que havia um horário noturno, sairia 10 horas da noite e chegaria no início da manhã ao Rio. Perfeito. Agarrou uma maleta velha de couro, colocou umas poucas mudas de roupa e partiu só. Um pouco antes de sair de casa ligou para um amigo da polícia do Rio para contar da viagem e do que planejava. Era bom ter apoio da polícia local caso alguma coisa saísse errado. A viagem foi sem surpresas e Joaquim despertou quando o ônibus estacionou na Rodoviária Novo Rio.

Saltou e logo foi invadido pela confusão da cidade grande. A rodoviária parecia uma feira, gente de todo lado carregando a todo tipo de maletas, embrulhos, mochilas. O piso estava maltratado e sujo, as lixeiras transbordavam papel usado, jornais antigos se espalhavam pelos bancos mal conservados. Joaquim resolveu tomar um café e acostumar-se melhor ao ambiente. Ele era um homem de cidade pequena, de ruas calmas, de bons-dias e boas-noites mesmo entre estranhos que se cruzavam nas calçadas. Fazia anos que não ia ao burburinho das grandes capitais. Bebeu o café com duas torradas. Respirou fundo e partiu para o táxi. Tinha feito uma reserva no hotel Flórida, no bairro do Flamengo. Olhou o relógio e viu que daria tempo para uma caminhada no Aterro antes de sua reunião. O parque do Aterro era o seu local preferido na cidade. Ele não desprezava Copacabana, Ipanema ou as outras maravilhas. Mas a sua maravilha era o aterro com os extensos jardins, campos de esporte e a vista do Pão de Açúcar. Essa lembrança o tranquilizou e ele chegou ao hotel feliz.

Maio é o melhor mês para se visitar o Rio de Janeiro. E esse era um dia perfeito de maio. O mar estava azul de festa e as montanhas recortadas pelo sol de outono contra o céu impecável eram realmente prova de Deus, de uma força superior, ou seja lá em o que você creia. Joaquim respirou a maresia, olhou para duas morenas seminuas que caminhavam como se vestissem burcas, como se a sua nudez fosse parte integrante da cidade, como se suas coxas, suas carnes fossem transparentes. Parou em uma barraca, pediu um coco, admirou-se com a precisão que o vendedor manejava o facão e finalmente bebeu a água geladinha e doce. Joaquim olhava a hora correr no relógio e sentia uma pressão no estômago. Anos de polícia não o haviam acostumado a tratar de crimes que envolvessem gente conhecida. No mundo ideal de Joaquim, os criminosos eram sempre inimigos e, portanto, era uma incongruência haver crimes de amigos. Esse não era bem de um amigo, mas ia mexer demais na vida de Nonato, seu irmão de inúmeras rodas de viola em noites frias e enluaradas de fazenda. Joaquim imaginava se a amizade iria resistir aos eventos que ele iniciaria a desvendar em poucos minutos. Bebeu seu último gole de água de coco aproveitando bem. Jogou a casca na lata de lixo da barraca e partiu para o almoço.

Raquel marcara com ele no Iate Clube. Joaquim não sabia se era para intimidá-lo, para colocá-lo em um ambiente onde não estaria à vontade. Por ele nem almoço precisava, iria até a casa dela, ela viria ao hotel, afinal não haveria nenhum prazer nesse almoço. Aceitara porque não conseguira desculpa para não ir, afinal ele precisava das informações de Raquel para começar a tomar as providências policiais. Precisava sobretudo que Raquel se dispusesse a ir até o fim, a depor na delegacia, a até comparecer ao julgamento como testemunha se fosse o caso. Joaquim não gostava de Raquel, ela era o contrário do que ele acreditava ser uma boa mulher. Havia convivido com Raquel quando ela e Ricardo visitaram a fazenda de Nonato. Parecera-lhe fria e percebera nos olhos de Raquel uma sensualidade que o espantara. Ele não tinha dúvidas que ela era aberta a qualquer tipo de experiência, que nada a deteria caso estivesse interessada em obter alguma vantagem ou prazer. Joaquim se perguntava como fora possível Ricardo casar-se com uma mulher tão obviamente sem princípios. E o que mais o espantara fora a maneira com que Raquel e Nonato se olhavam. Eles tinham passado alguma coisa junto. Nonato perdia a sua naturalidade quando Raquel estava perto e ela em troca o olhava enviesado de um jeito que esfriava o sangue de Joaquim. Pior do que isso era o jeito que Raquel e Sonia se olhavam. Joaquim as surpreendeu duas ou três vezes mirando-se de uma forma que não deixava dúvida sobre o seu sentimento.

Raquel deixara o nome de Joaquim na portaria de modo que ele ultrapassou com facilidade o grande portão do clube, passou pelos carros em sua maioria importados estacionados no enorme pátio arborizado e dobrou à direita para entrar no casarão principal da sede. Encantou-se com a enorme varanda mobiliada com grandes mesas e poltronas onde os sócios relaxavam olhando para a marina e o Pão de Açúcar como se fosse um dia de domingo. Ali estava quem não precisava trabalhar, quem já passara dessa fase. Homens e mulheres de meia idade trocavam gracejos despreocupados, contavam histórias de velejadas e pescarias sem se importarem com horários e tarefas. Bermudas, peles enrugadas pelo sol, mulheres de short, era uma riqueza relaxada de quem vivia dentro de um casulo sem preocupações com o mundo de fora. Joaquim chegou ao salão do restaurante e logo viu a Raquel sentada em uma mesa de canto folheando uma revista. Joaquim até pensou por segundos em voltar silenciosamente para sua cidadezinha e deixar tudo como estava. Afinal ele iria aposentar-se em poucos meses. A hesitação passou e ele dirigiu-se até a mesa.

— Raquel, que bom te encontrar, que bom que você concordou em me ver.

— Ô Joaquim, quanto tempo...claro que eu lhe veria, não há problema.

— Que bom, você sabe, é um assunto ruim, a maioria das pessoas não gosta de lembrar dessas coisas.

— Joaquim, não se preocupe. Pergunte o que você quiser. Eu já sou tão mal falada, eu não me importo.

Joaquim ficou assustado com a velocidade em que entraram no tema principal. Ele havia se preparado para um longo almoço, com muitos rodeios até chegar-se ao assunto mesmo lá pela hora da sobremesa. Mas não, mal se sentara e o assunto se impusera como se estivesse sufocado e em busca de ar fresco.

— Raquel você, quer dizer, o Nonato me contou uma vez que ele teve um episódio com você...

— Episódio, Joaquim! Isso é engraçado eu nunca pensei nisso como um episódio...

— E o que foi então?

— Eu não sei descrever o que foi... Foi a pior experiência da minha vida, eu quis mesmo morrer por uns tempos... eu mudei completamente.

— E por quê?

— Joaquim, você nunca esteve exposto à maldade... Você é polícia, você luta contra a maldade, aceita a maldade, mas você nunca está à mercê da maldade...

— Eu não creio que o Nonato possa causar uma experiência assim. Eu conheço ele há anos, décadas. Ele às vezes brinca pesado, mas não é um homem mau, eu sei que não é.

—Eu sempre fui muito mimada, sabe. Eu sempre consegui o que quis. Meu pai era diplomata, eu passei mais da metade de minha infância e juventude pulando de um país para o outro. Talvez para compensar todo esse desconforto meus pais sempre me deram o que eu queria. Eu não os culpo, as coisas que eu errei foi por minha decisão. Mas o fato é que eu não levava a vida a sério. Eu era bonita, muito bonita e pensava que com o meu sorriso eu dobrava o mundo.

— Você é muito bonita Raquel.

— Uma senhora bonita, você quer mesmo dizer uma velha bonita... obrigada Joaquim, mas beleza e velhice não combinam, não interessa o que digam as revistas femininas. E as masculinas também agora que vocês resolveram competir com a gente em vaidade.

— De vaidade eu não entendo. Nasci feio e feio continuo. Mas diga lá o que tão terrível lhe fez o meu amigo Nonato.

— Sabe, eu nunca entendi essa história de prostituta... Quer dizer, na prática não há muito para entender mesmo. As moças estão precisando de dinheiro e se vendem por isso. Pronto. Ou são vítimas de quadrilhas, essas histórias horríveis que a gente lê de vez em quando. Mas eu nunca entendi como uma pessoa pode ter quatro, cinco relações por dia todos os dias da semana por anos e anos... E como alguém dorme com alguém que tem quatro, cinco relações por dia... Eu sei o que falam de mim por aí e até fiz por merecer alguns desses comentários.

Mas todas essas loucuras foram feitas por prazer, foram feitas com quem eu escolhi para isso. Essa história de você ir a um lugar onde as mulheres estão como se fossem produtos em uma gôndola de supermercado... Eu nunca entendi como essa situação podia rolar, entende?

— Raquel isso é assim desde que o mundo é mundo... e vai continuar assim.

— É verdade, você está certo, mas isso não muda o que eu estou falando. Você sabe que o Nonato sempre andou com puta.

— Sei.

— E você sabe que ele conheceu a Sonia em um bordel.

— Sei, eu estava com ele no dia em que eles se conheceram. Foi na zona de Rio Preto.

— Eu sei, a Sonia me contou tudo direitinho.

— Vocês viveram juntas por quanto tempo?

— Bem, ela largou o Nonato e veio direto viver comigo. Eu tenho uma casa em Búzios e ela estava lá até agora. Uns sete anos, não?

— Mais um pouco...

Joaquim estava totalmente sem fome. O interesse na história de Raquel tinha toda sua atenção, ele escutava cada sílaba, observava cada gesto dela, cada olhar, tentando descobrir o menor indício de uma mentira. Ela falava com uma tranquilidade aterradora mesmo para quem já ouvira centenas de confissões de todo tipo de barbaridade. Joaquim agora estava certo de que o que iria escutar de Raquel seria o fim de sua amizade com Nonato, seria quebrada a liga de camaradagem.

— Mas, então, um dia eu estava conversando com a Sonia logo depois de a conhecer no meu vernissage. O Nonato perguntou ao Ricardo se eu poderia sair com ela pelo Rio pra dar um banho de loja. A Sonia na época ainda não tinha recebido nem banho de loja e nem de educação. Dois minutos de conversa e a gente já via de onde ela vinha. Só que ela era bonita, bonita como eu conheci a poucas mulheres. E era sensual, tinha aquela sensualidade das italianas do sul, o cabelo preto, a pele meio escura, era uma mulher grande, quente, um tipão. Olhe, eu fiquei atraída por ela, pela primeira vez eu fiquei atraída mesmo por uma mulher. E ela, imagine, percebeu logo a situação e daí para nós transarmos foi um pulo. Você consegue entender isso, Joaquim? Dá para parar, ainda dá para parar.

— Ô Raquel não dá mais para parar, não. Continue, vamos.

Raquel estava contando a história para ela mesma. Joaquim quase não importava mais, podia ser ele ou uma cadeira. Raquel nunca ouvira essa história contada, sua voz era como para ela se fosse de outra pessoa, as frases traziam nexo ao que ela havia vivido.

— Bem, eu sei que eu falei com Sonia que eu não sabia como era essa coisa de puta, como ela tinha aguentado isso e ela simplesmente me perguntou se eu não queria passar uma tarde em um bordel e tirar minhas dúvidas. Ela falou que eu queimava um baseado e transava com uns três caras e pronto. Não era tão ruim assim e depois a gente saia para gastar o dinheiro num jantar.

— Você e o Ricardo já eram casados?

— Jo-a-quim. Já, já éramos casados e já estava dando tudo errado. O Ricardo goza mais contando dinheiro do que com mulher, você sabe como é? Ele devia ter casado com uma mulher com alma de freira e nunca, nunca comigo.

— Está certo, é que eu não conheço vocês direito, só pelo que o Nonato contou.

— Ok, mas então, eu na época estava muito doida e resolvi topar.

O maitre chegou na mesa pela terceira vez com o cardápio. Joaquim dispensou e disse que estava sem fome, queria apenas um doce. Raquel pediu um carpaccio e um Campari. Joaquim preferiu não beber, pediu uma água com gás somente.

— Raquel, mas que loucura, uma mulher como você...

— Pois é, eu sei, isso já foi há tanto tempo, Joaquim, deixa para lá as minhas razões, eu não tenho defesa. Eu fiz, eu fui, eu matei a minha curiosidade.

— Tem razão, Raquel, isso não é importante agora, comentei porque, você sabe, essa é uma história espantosa mesmo para um velho delegado de polícia.

— Bem, mas eu topei e ela arranjou as coisas em umas termas que ficam no centro do Rio de Janeiro, numa das ruas antigas de casario português ainda. Eu cheguei às 12hs. exatamente como marcado. Ao lado da porta principal havia uma portinha por onde os funcionários entravam. Você tocava a campainha e vinha um segurança abrir a porta que dava acesso a um pequeno corredor que terminava em uma escada antiga de madeira. No segundo piso funcionava o escritório em uma pequena sala apertada. Cheguei e veio uma mulher velha falar comigo. Ela mirou-me de cima a baixo. Sua cara cansada tinha olheiras negras que vinham abaixo da linha dos óculos. Estava com um vestido cumprido indescritível, calçava umas sandálias feias e seus pés eram maltratados. As mãos também eram meio encardidas e as unhas estavam com a pintura velha e descascada. O cabelo desalinhado completava a sua figura. Eu estava vestida com uma roupa da empregada lá de casa. Era a instrução da Sonia para não chamar a atenção da Georgina, lembrei do nome da mulher. Ela me perguntou aonde eu tinha trabalhado antes. Eu menti uma história inventada com a Sonia, disse que eu tinha trabalhado menina na zona e que lá me casara com um homem que me abandonara, por isso precisava voltar. Georgina balançou a cabeça e disse que era sempre a mesma história, as meninas acreditavam nos galãs de zona e depois voltavam piores que haviam saído. Eu fiquei de cabeça baixa escutando. No fim ela me passou as instruções:

— Olhe aqui, menina. Nessa casa o freguês manda, eu não quero saber de fita. Se ele quer suruba tem que participar, se ele quer anal tem que fazer. Camisinha é na hora de trepar. Boquete não tem camisinha a não ser que o cliente permita. Antes de ir para a cabine tem que tomar banho, limpar-se bem e usar uma bombinha d'água para não sujar o cliente. Dentro do salão tem que usar um dos nossos uniformes. O aluguel são vinte pratas por dia. Cabina simples vocês ganham 60, suíte ganham noventa e suruba 110. E nada de cara feia com cliente nenhum. Pode ser gordo, branco, preto, amarelo, ossudo, moço ou velho tem que atender igual. Você pode abrir conversa com cliente, mas se ele não quiser não insista. Se houver reclamação quanto a qualquer dessas coisas você vai se entender com a segurança e isso não é legal, eu te garanto. Só não tem que aturar violência. Se algum cliente ameaçar machucar você chama a segurança e pronto. Se quiser começar pode ir para o vestiário que o salão já está aberto. Depois você passa aqui pra preencher uma ficha e amanhã tem exame médico. Você está com alguma coisa? A clientela aqui é antiga, eles vêm aqui sempre. Se alguém pegar alguma doença a gente fica sabendo. Você está boa? Outra coisa, é proibido sair no meio do turno. Entrou fica até o fim. Se passar mal a gente chama um médico para ver se é verdade. Certo?

Apesar dessa conversa bruta eu resolvi seguir em frente. O vestiário era bem velhinho, uns armários enferrujados com pouco espaço para guardar roupas. Eu escolhi um dos uniformes que parecia com os das coelhinhas do Playboy e fui para o salão. O que eles chamavam de salão eram vários ambientes. Havia no primeiro andar um vestiário para os clientes, uma sala grande com espreguiçadeiras, um gabinete de massagem, uma sauna e um banheiro masculino. No segundo andar estava o bar com uns banquinhos para quem ficasse no balcão, vários sofás colados nas paredes com mesas de apoio e uma pista de dança igual a uma boate. A música era alta, as meninas ficavam dançando, rebolando na pista de dança esperando serem chamadas pelos clientes.

Sonia estava lá para me acompanhar e a vi assim que cheguei no bar. Ela estava em um sofá sozinha. Sentei-me com ela e esperei uma longa hora e meia até que algum cliente se aproximasse de mim. Não era o meu dia de sorte. Era um garoto que devia ter uns 19 anos. Ele não sabia conversar, não sabia pegar, enfim, era uma comédia porque nem eu nem ele sabíamos nos portarmos direito na situação. Enfim, isso também não é muito difícil e quando vi o sacana já passava a mão em mim, me apertava, enfiava a língua de qualquer jeito na minha boca.

Raquel estava revivendo o dia. Eu não precisava de nenhum daqueles detalhes, mas não podia interromper o fluxo até ela chegar onde eu queria. Raquel falava como se purgasse o pus de um furúnculo.

Acabou que subimos para a cabine. O menino tirou o roupão e quis que eu me ajoelhasse, você sabe, não é? Essa cena de todos os filmes pornôs, ele apertava minha cabeça para que eu abaixasse, mas ele fedia a urina e eu com muito esforço consegui levá-lo até a pia que havia na cabine e limpá-lo. Depois fiz o que ele queria e ele veio para cima de mim. Deve ter durado uns três minutos até ele gozar. Ficamos uns dez minutos de lenga-lenga na cabine e ele desceu. Eu fui para o vestiário meio tonta. Pensei em pedir para sair, mas vi que seria uma confusão, não quis arriscar. Decidi descer e ficar sentada em um canto escuro do salão fazendo cara de mal-humorada. Havia tanta garota bonita por lá que eu achei que podia passar despercebida.

Engano. Não demorou dez minutos e um japonês gordo chegou perto. Era um cara simples, mas sem problema, estava deslumbrado com as meninas e a fim de se divertir. Fomos para o quarto e foi sem surpresa. A surpresa mesmo foi quando voltei para o salão. Nonato estava lá quase nu sentado no bar tomando uma caipirinha. Sonia chegou até a mim e disse que não tinha culpa, o pessoal da terma avisara Nonato quando a vira por lá. E Nonato sabendo da minha aventura resolvera então ficar por lá.

— Que situação Raquel...

— Bem, o fato é que Nonato não só ficou por lá como me obrigou a ir para a cabine com ele e a Sonia. E lá fez de mim o que quis, tratou-me como se eu fosse uma puta de rua qualquer, além de assistir a mim e a Sonia transarmos. Ao final, ele me disse, bem se você estava curiosa de saber o que é ser puta acho que já sabe. Saiu e deixou uma gorjeta na mesa de cabeceira. Eu tive que continuar lá até meia-noite, fim do turno, e ainda subi mais uma vez com um outro sujeito. Não senti nada, estava anestesiada, fudi como puta fode. Era estranho, parecia que eu estava longe do meu corpo, que era só o meu corpo que transava. O Nonato tinha razão, ele tinha me ensinado o que eu tinha vindo aprender.

Raquel ficou silenciosa. Não chorou, tomou um gole de Campari com calma. Parecia avaliar o que contara para mim. Ela ainda era bonita, muito bonita. Eu tive o impulso de segurar a mão dela, mas não consegui. Eu não sabia direito como seguir na conversa depois dessa história. Mas a hora era essa.

— E aí, o Ricardo ficou sabendo?

— Pois então, não ficou sabendo logo. A Sonia voltou com o Nonato para a fazenda e nós ficamos nos falando, conversando e nos encontrando escondidas dele e do Ricardo, eu imagino. O Nonato nem falou comigo direito nas poucas vezes que nos vimos depois disso e eu mal conseguia olhar para ele de tanta raiva que eu tinha. Com o tempo a Sonia também foi pegando raiva dele. Ela percebeu que ela era como um bicho de estimação na casa. Ele, de propósito ou não, escolhera uma pessoa mais simples, sem raiz, porque assim ele era o dono do casamento, ele confundia amor com gratidão. Meu casamento com o Ricardo terminou e eu fiquei bem, o Ricardo foi correto e a casa de Búzios ficou comigo na partilha. Um dia resolvemos morar juntas e ela veio para cá. Saiu de qualquer jeito, não deu explicação, ela temia o Nonato. Para mim tanto fazia e foi até divertido saber da dor de corno dele. Quando você descobriu, nós pensamos que você contaria e ele iria aparecer por aqui feito um touro furioso.

— Eu não contei, na hora eu fiquei com medo da reação dele e depois resolvi deixar para lá.

— Como foi que você descobriu?

— Foi meio sorte. Eu vi a Sonia tomando um café no posto de gasolina da estrada no dia que ela fugiu. Eu tinha visto vocês duas na fazenda do Nonato e percebera que vocês estavam se relacionando.

Quando ele deu parte do desaparecimento dela eu desconfiei. Falei com um amigo meu da polícia do Rio ele seguiu você e descobriu a casa em Búzios. Mas e o Ricardo, como ficou sabendo da sua história com o Nonato?

— Demorou muito tempo. Foi há mais ou menos um ano que ele escutou essa história. Ele veio até a casa para falar da Gilda, nossa filha. Ele soubera que ela estava vivendo com um traficante e queria saber se eu ia fazer alguma coisa. Para variar a conversa acabou em briga. A Sonia estava presente e ele quando a viu perdeu o controle e disse que eu era louca de viver com uma puta em vez de cuidar da Gilda. A Sonia entrou na discussão, foi horrível. Ela acabou contando para ele e eu tive que confirmar. O Ricardo saiu de casa e eu soube que nunca mais iria vê-lo. Eu nunca vi tanto ódio em um rosto.

— Raquel, você será capaz de repetir essa história em um depoimento oficial? É claro que não precisa contar todos os detalhes que você falou. Mas os fatos, sim. Eu vou precisar de seu depoimento para prender o Ricardo como mandante da morte da Sonia.

— Sim, eu repito, eu não devo explicação a ninguém. Talvez à Gilda, mas eu me entendo com ela.

Eu não conhecia ninguém tão possuído pela luxúria. Raquel vivia em busca do prazer imediato, do prazer puro, livre de qualquer compromisso. Ela era inocente no assassinato de Sonia, ela era quase uma vítima. O gesto de Ricardo fora para atingi-la também. Eu entendia o nojo de Ricardo com a sua mulher servindo de puta para Nonato, com ele próprio sendo substituído por uma puta. E a vingança era óbvia, matando a Sonia ele atingira Nonato, Raquel e terminara com quem personificava o seu drama. Liguei para o meu colega da polícia do Rio e combinamos a prisão de Ricardo.

OTAVIO

Manolo estava tranquilo como sempre. O bar estava com meia casa e eu não conhecia ninguém nas outras mesas. Isso não importava, era até melhor assim. Eu estava no meu segundo whisky, o copo cheio de gelo transformava a bebida em um refresco que eu bebia sem pressa. O revólver pesava às vezes no bolso, eu tinha vontade de colocá-lo na mesa como se fosse um celular. Era um Rossi 32, presente de meu pai. Ele fora dado para me defender de ladrões e criminosos eventuais que cruzassem o meu caminho. Ele iria servir para remediar a minha perplexidade com uma vida que eu não lograra compreender e que era inútil para mim e para quem convivia comigo.

Eu talvez tivesse uma dívida com Ângela. Ela casara mesmo comigo, ela realmente entregara sua vida nessa união. Mas...eu não era tão culpado assim e ela afinal tinha apostado mal, tinha apostado no cavalo errado. Amigos, eu não tinha nenhum que valesse a pena. Ricardo estava preso e ficaria na cadeia alguns anos, Nonato sumira de vez e não dava mais para continuar a conversar com ele depois de tudo que aprontou. A profissão também tinha acabado e que se danem os clientes e toda essa loucura a que eu dediquei minha vida. Anos e anos a defender produtos e empresas, a preocupar-me com planos de marketing, com as vendas de aparelhos de TV, de sabonetes, desodorantes... A envernizar a figura de homens de negócios incultos, despreparados e a viabilizar carreiras de políticos safados, oportunistas. É difícil a gente continuar a crer no mundo quando ele se resume a passar os dias raciocinando como tornar aceitáveis vender produtos e pessoas em que não se acredita, inventando posicionamentos e atitudes para quem não vale a pena. No fim o salário não compensa tanto e você nem sente prazer nas suas vitórias, você nem sabe bem se a verdade é a verdade mesmo ou é algo que você criou para ganhar uns trocados, pagar as contas, viajar, fumar uns charutos, beber um bom whisky.

Eu estava cansado de pensar nisso, cansado de pensar. Estava aliviado de saber que amanhã eu não estaria mais aqui, não teria mais essas dúvidas e preocupações. Pedi um whisky puro, para beber no copo curto, para terminar as coisas direito e com um gosto bom na boca. Eu gostaria que Dom Geraldo rezasse um pouco por mim, umas duas Ave Marias bem rezadas só para mostrar que eu não passei totalmente em branco. Talvez ele reze, talvez ele me deixe de lado. Afinal, eu não aguentei a minha cruz. Tem a Norma também, ela com certeza vai chorar um pouquinho, mas preocupada com que o Otavio não veja. É tudo tão sem sentido, tão ridículo. Eu acredito tão pouco nisso tudo que eu até podia continuar essa comédia, afinal o que me importa? Com certeza seria mais elegante continuar, não ofenderia ninguém, seria mais normal. O whisky chegou no copo curto, o Manolo não falha. Eu pisquei para ele com amizade. Tomei em dois goles e fui para o banheiro. Pensando bem, hoje é um dia tão bom quanto outro qualquer para se morrer.